Рассказы
Selected Short Stories
Федор Сологуб
Fyodor Sologub

Selected Short Stories

Copyright © JiaHu Books 2016

First Published in Great Britain in 2016 by JiaHu Books – part of Richardson-Prachai Solutions Ltd, 434 Whaddon Way, MK3 7LB

ISBN: 978-1-78435-203-5

A CIP catalogue record for this book is available from the British Library

Visit us at: jiahubooks.co.uk

Червяк

I

Ванда, смуглая и рослая девочка лет двенадцати, вернулась из гимназии румяная с мороза и веселая. Шумно бегала она по комнатам, задевая и толкая подруг. Они опасливо унимали ее, но и сами заражались ее веселостью и бегали за нею. Они, однако, робко останавливались, когда мимо них проходила Анна Григорьевна Рубоносова, учительница, у которой девочки жили на квартире. Анна Григорьевна сердито ворчала, хлопотливо перебегая из кухни в столовую и обратно. Она была недовольна и тем, что обед еще не готов, а Владимир Иванович, муж Анны Григорьевны, должен сейчас вернуться из должности, и тем, что Ванда шалила.

— Нет, — досадливо говорила Анна Григорьевна, — последний год держу вас. И в гимназии-то вы мне надоели до смерти, да и тут с вами возись. Нет, будет с меня, намаялась. Зеленоватое лицо Анны Григорьевны принимало злое выражение, желтые клыки ее выставлялись из-под верхней губы, и она мимоходом больно щипала Ванду за руку. Ванда ненадолго стихала — девочки боялись Анны Григорьевны, — но скоро снова комнаты дома Рубоносовых оглашались смехом и гулкой беготней.

У Рубоносовых был собственный дом, деревянный, одноэтажный, который они недавно построили и которым очень гордились. Владимир Иваныч служил в губернском правлении, Анна Григорьевна — в женской гимназии. Детей у них не было, и потому, может быть, Анна Григорьевна часто имела злой и раздраженный вид. Она любила щипаться. Ей было кого щипать: Рубоносовы держали на квартире каждый год несколько гимназисток, из приезжих, и у них жила сестра Анны Григорьевны, Женя, девочка лет тринадцати, маленькая и худенькая, с костлявыми плечами и большими холодными губами бледно-малинового цвета, похожая на старшую сестру, как молодая лягушка бывает похожа на старую. Нынче, кроме Жени, у Рубоносовых жили еще четыре девочки: Ванда Тамулевич, дочь лесничего в одном из далеких уездов Лубянской губернии, веселая девочка с большими глазами, втайне тосковавшая по родине и всегда к концу зимы (она жила у Рубоносовых третий год) заметно хиревшая от этого, Катя Рамнева, самая старшая и смышленая из девочек, смешливая, черноглазая Саша Епифанова и ленивая русоволосая красавица Дуня Хвастуновская, обе лет по тринадцати.

У Ванды была причина веселиться: она сегодня получила «пятерку» по самому трудному для нее предмету. Ванде всегда трудно и скучно было приготовлять те уроки, которые надо было брать памятью. Случалось часто, что во время заучивания неинтересных вещей мысли ее разбегались и мечта уносила ее в таинственно-тихие, оснеженные леса, где, бывало, несли ее с отцом легкие санки, где наклонялись над нею толстые от снега ветви сумрачно-молчаливых елей, где бодрый морозный воздух вливался в грудь такими веселыми, такими острыми струями. Ванда мечтала, часы летели, урок оставался невыученным, — и утром наскоро прочитывала его Ванда и отвечала, если спрашивали, кой-как, на «тройку». Но вчера был удачный вечер: Ванда ни разу не вспомнила далеких лесов своей родины. Сегодня она ответила урок батюшке слово в слово по книге: отец законоучитель придерживался старого способа, как его самого обучали лет сорок назад. Батюшка ее похвалил, назвал «молодец-девка» и поставил ей пять.

Вот почему теперь Ванда буйно носилась по комнатам, дразнила угрюмого пса Нерона, который, впрочем, со снисходительной важностью относился к ее шаловливым выходкам, хохотала и тормошила подруг. От быстрых движений у нее захватило дыхание, но радость поднимала ее и заставляла бесноваться. С разбегу Ванда налетела на суетливую служанку Маланью и выбила у нее из рук тарелку, но ловко подхватила ее на лету.

— О, чтоб тебя, оглашенная! — сердито окрикнула ее Маланья.

— Ванда, перестанешь ли шалить! — прикрикнула на нее и Анна Григорьевна. — Разобьешь еще что-нибудь.

— Не разобью, — весело крикнула Ванда, — я ловкая.

Она завертелась на каблуках, махнула руками, зацепила любимую чашку Владимира Ивановича, которая стояла на краю обеденного стола, — и замерла от ужаса: послышался звон разбитого фарфора, беспощадно-ясный и веселый, по полу покатились разноцветные осколки разбитой чашки. Ванда стояла над черепками, прижимая руки к груди; ее черные бойкие глаза от испуга приняли безумное выражение, и смуглые полные щеки внезапно побледнели. Девочки притихли и столпились вокруг Ванды, пугливо разглядывая осколки.

— Вот и дошалилась! — наставительно сказала Женя.

— Задаст тебе Владимир Иваныч, — заметила Катя.

Саше Епифановой вдруг сделалось смешно; она фыркнула и закрыла рот рукою, как делала всегда, чтоб не очень рассмеяться. Анна Григорьевна, заслышавши звон, прибежала из кухни, восклицая:

— Что здесь такое?

Девочки молчали. Ванда затрепетала. Анна Григорьевна увидела черепки.

— Этого только не хватало! — воскликнула она, и злые глаза ее тускло засверкали. — Кто это сделал? Говорите сейчас! Это твои штуки, Ванда?

Ванда молчала. Женя ответила за нее:

— Это она здесь прыгала и вертелась у самого стола, махнула руками, задела за чашку, чашка и разбилась. А мы ее все унимали, чтоб она не шалила.

— А, вот что! Благодарю покорно! — зашипела Анна Григорьевна, зеленея и грозя Ванде желтыми клыками. Ванда порывисто бросилась к Анне Григорьевне, обхватила ее дрожащими руками за плечи и упрашивала:

— Анна Григорьевна, голубушка, не говорите Владимиру Иванычу!

— Да, Владимир Иваныч не увидит! — злобно ответила Анна Григорьевна.

— Скажите, что вы сами разбили.

— Любимую чашку Владимира Иваныча я стану бить! Что, ты с ума сошла, Ванда? Нет, милая, я не стану тебя выгораживать, разделывайся сама. Сама и черепки Владимиру Иванычу покажешь.

Ванда заплакала. Девочки принялись собирать черепки.

— Да, да, покажешь сама, он тебя поблагодарит, голубушка, — язвительно говорила Анна Григорьевна.

— Не говорите, ради бога, Анна Григорьевна, — опять принялась упрашивать Ванда, — накажите сами, а Владимиру Иванычу скажите, что это кошка разбила.

Саша, которая усердно собирала мелкие осколки, складывая их себе в горсть, опять фыркнула от смеха.

— Кот в сапогах! — крикнула она сдавленным от смеха голосом.

Катя шепотом унимала ее:

— Ну, чего смеешься? Ты бы разбила, так как взвыла бы, небось.

Анна Григорьевна отымала от Ванды свои руки и повторяла:

— И не проси лучше, непременно скажу. Что это в самом деле, постоянные шалости! Нет, матушка, надо тебя хорошенечко пробрать! Ну, что, собрали? — спросила она девочек. — Давайте сюда.

Анна Григорьевна положила осколки на тарелку и отнесла их в гостиную, на стол, на самое видное место; Владимир Иваныч, как прядет, так сейчас же заметит. Довольная своей изобретательностью, Анна Григорьевна опять забегала взад и вперед от стола к печке и тихонько, злобно шипела на Ванду. Ванда уныло и безнадежно ходила за Анной Григорьевной и упрашивала убрать черепки.

— Пусть хоть после обеда Владимир Иваныч увидит! — говорила она, горько плача.

— Нет, милая, пусть он сразу увидит, — злобно отвечала Анна Григорьевна.

В Ванде порывами подымалась злоба на жестокость Анны Григорьевны, и она отчаянно всплескивала руками и тихонько вскрикивала: — Да простите же! Да прибейте лучше!

Остальные девочки сидели смирно и разговаривали шепотом.

II

Владимир Иваныч возвращался домой и сладко мечтал, как он пропустит водочки, заморит червячка, а потом плотно пообедает. Был ясный день. Солнце клонилось к закату. Изредка набегал ветер, частый гость в Лубянске, и отрывал от снежных сугробов толпы пушистых снежинок. Улицы были пустынны. Низенькие деревянные домишки торчали кое-где из-под снега, розовеющего на солнце, да бесконечно тянулись длинные, полурасшатанные заборы, из-за которых выглядывали жесткие, серебристо-заиндевелые стволы деревьев.

Рубоносов пробирался по узким мосткам, молодцевато ступая кривыми ногами и весело посматривая маленькими глазками, мерцавшими оловянным блеском на красном, веснушчатом лице. Вдруг он завидел своего врага, Анну Фоминичну Пикилеву, учительницу гимназии, сорокалетнюю девицу с очень злым языком. Владимиру Иванычу стало досадно: неужели он должен уступить ей дорогу, рискуя свалиться в снег? А она шла себе прямо, скромно опустивши змеиные глазки и сжимая ненавистные губы каким-то особым способом, раздражавшим всегда Владимира Иваныча. Он сжал в правой руке толстую палку из кружков березовой коры, плотно насаженных на железный прут, и решительно пошел на врага. И вот они сошлись грудь с грудью и менялись пламенными взорами. Владимир Иваныч первый нарушил молчание.

— Холера! — торжественно воскликнул он.

Только теперь он заметил, что за спиною Анны Фоминичны копошилась девчонка Машка, ее служанка, которая несла барышнины книжки. Владимиру Иванычу стало жаль, что нельзя покрупнее изругаться, — есть свидетельница.

Анна Фоминична прошептала шипящим голоском:

— Совершенно невежественный кавалер!

Владимир Иваныч растопырил ноги и, подпираясь палкой, говорил посмеиваясь и показывая гнилые зубы:

— Ну, проходи, чего стала!

— Неужели вы не можете посторониться? — смиренно спросила Анна Фоминична.

— Что ж, мне для вас в снег лезть прикажете? Нет, брат, шалишь, мне свое здоровье дорого. Проходите, проходите, не засаривайте дороги.

И он легонечко протолкнул мимо себя Анну Фоминичну, но как-то так неосторожно, что она упала на снег и закричала визгливым голосом, вдруг потерявшим всю свою слащавую смиренность:

— Ах, ах, уронил! ах, ах, злодей!

Девчонка прыгнула за ней, — Владимир Иваныч поощрял ее легким ударом под коленки, — и барахталась в снегу, помогая барышне подняться и вопя благим матом.

Расчистив путь, Владимир Иваныч отправился дальше. Лицо его пылало гордой радостью победы. Машка кричала ему вдогонку:

Ах ты, мазурик, паршивый, окаянный! Вот мы тебя к мировому.

Дойдя до перекрестка, Владимир Иваныч обернулся, погрозил палкой и крикнул:

— Поругайтесь, ясен колпак, так я вам и еще прибавлю.

В ответ на это Машка высунула язык, показала сразу четыре кукиша и звонко закричала:

— Сунься, сунься, очень мы тебя боимся!

Владимир Иваныч подумал, решил, что не стоит связываться, плюнул, энергично выругался и отправился домой, радостно чувствуя, что аппетит его взыграл и удвоился!

III

Напряженно ожидавшие девочки вздрогнули. Раздался резкий, повелительный звонок: это возвратился Владимир Иваныч. Анна Григорьевна бросила злорадный взгляд на Ванду и кинулась отворять дверь. Женя повторила за сестрой и злорадный взгляд, и суетливый порыв в прихожую. Ванда, замирая от страха, бежала за Анной Григорьевной и тихонько упрашивала ее не говорить. Анна Григорьевна сердито оттолкнула ее.

Владимир Иваныч, освобождаясь от шубы при помощи жены и услужливой Жени, громогласно восклицал:

— Я ей, курицыной дочке! Будет помнить до новых веников, ясен колпак!

Ужас охватил Ванду; ей представилось, что Владимир Иваныч узнал каким-то чудом о разбитой чашке. Но скоро из его отрывочных восклицаний Ванда поняла, что речь идет о другом. Смутная надежда шевельнулась в ней: может быть, удастся оттянуть до после обеда, когда Рубоносов будет, от нескольких рюмок водки, в добродушном, сонном настроении. Поспешно вернулась она в гостиную и стала перед столом, стараясь заслонить обломки чашки. Катя помогла ей, подвинув на столе лампу так, чтобы она сбоку закрывала тарелку. Владимир Иваныч вошел в гостиную, потрясая кулаком и повторяя на расспросы Анны Григорьевны:

— Погоди, все расскажу по порядку, дай промочить горло.

Он остановился перед зеркалом и самодовольно оглядел себя, — он казался себе самому первым красавцем в городе. Потом он снял сюртук, бросил его Ванде и крикнул: — Ванда, тащи в нашу спальню!

Ванда трепетно подхватила сюртук и уныло потащила его в спальню супругов, бережно держа его за петлю воротника и высоко подымая, словно бы он был стеклянный. Для большей осторожности она даже приподнялась на носки. Смешливая Саша закрыла рот рукой и выбежала из комнаты. Щеки Ванды покрылись яркой краской стыда и досады.

Рубоносов, оставшись в жилете, опять посмотрелся в зеркало и стал расчесывать свои гладкие, светлые волосы с пробором посредине. Отвернувшись от зеркала, он увидел на столе, на тарелке, черепки. Мигом признал он в них остатки той вместительной чашки, из которой привык пить чай, — и почувствовал себя жестоко оскорбленным.

— Кто разбил мою чашку? — закричал он свирепым голосом.

— Ведь это же безобразие, — мою любимую чашку!

Он гневно зашагал по комнате.

— Известно, кому же больше, как не Ванде, — заговорила злым, шипящим голосом Анна Григорьевна.

Женя, торопясь услужить, взволнованно повторила свой рассказ о том, как Ванда разбила чашку. Потом она растопырила руки и закружилась, представляя Ванду. Ее слегка поникшее зеленоватое лицо с тупым носом выражало озабоченность усердия, злые губы не улыбнулись и спина отвратительно горбатилась.

— Вечные шалости! — шипела Анна Григорьевна. — Никакой нет управы с этой девчонкой. Уйми хоть ты ее, Владимир Иваныч, — ведь иначе что же это у нас будет: всю посуду перебьют. Ведь они нам не золотые горы возят, — одни хлопоты да беспокойство с ними.

— Она и тарелки чуть не побила, — опять вмешалась Женя, — Маланья несла из кухни тарелки, а она на нее как налетит! Маланья едва только подхватила, а то так бы все тарелки вдребезги.

Рубоносов постепенно свирепел, багровел и гневно рычал. Ванда стояла за дверьми гостиной, плакала и тихонько молилась, торопливо крестясь. Сквозь щель двери видела она багровое лицо Владимира Иваныча, и оно было ей отвратительно и страшно. Рубоносов крикнул:

— Ванда, поди-ка сюда!

Ванда трепетно вошла в гостиную.

— Ты что это, курицына дочка, наделала? — закричал на нее

Владимир Иваныч.

Ванда увидела в его руке ременную плеть, которая служила Рубоносову для усмирения Нерона.

— Поди-ка, поди-ка сюда! — говорил Владимир Иваныч, брызгая слюною. — Вот я тебя приласкаю плеточкой.

Он свирепо замахал плетью и пронзительно засвистел. Испуганная Ванда попятилась назад, к дверям, — он ухватил ее за плечо и потащил, нервно подергивая, на середину комнаты. С громким плачем Ванда упала на колени. Рубоносов взмахнул плетью. Заслыша свист плети в воздухе, Ванда отчаянно взвизгнула, увернулась от удара судорожно быстрым движением, вскочила на ноги и бросилась в переднюю, где забилась за шкаф, в тесный, пыльный угол. По всему дому разносились оттуда ее истерические вскрикивания. Владимир Иваныч ринулся было вытаскивать Ванду, но Анна Григорьевна, испуганная дикими глазами и неистовыми криками девочки, остановила мужа:

— Ну, довольно, Владимир Иваныч, брось ее, — сказала она, — еще наплачешься с нею. Смотри, какие у нее глаза, — начнет кусаться, пожалуй. Уж видно, как волка ни корми, а он все в лес смотрит.

Рубоносов остановился перед шкафом, за которым дрожала и билась Ванда.

— Прятаться от меня, ясен колпак! — заговорил он медленно, со свирепыми ударениями на словах, весь багровый от негодования: — Ну ладно, подожди, я тебя иначе доеду. Ванда притихла и прислушивалась.

— От меня не спрячешься, курицына дочка! — продолжал Владимир Иваныч, видимо, подыскивая угрозу пострашнее: — Я знаю, что с тобой сделать. Вот погоди, уже ночью, как только ты заснешь, заползет тебе червяк в глотку. Слышишь, курицына дочка, червяк!

Владимир Иваныч сделал на слове червяк грозное, рявкающее ударение и сердито бросил плетку на пол. Из-за шкафа глядели на него, не отрываясь, черные широкие глаза и неподвижно смуглело побледневшее лицо.

— Будешь ты у меня знать! — говорил Рубоносов. — Вползет червяк прямо в глотку, ясен колпак! Так по языку и поползет. Он тебе все чрево расколупает. Он тебя засосет, миляга!

Ванда чутко, внимательно слушала: ее испуганные глаза неподвижно мерцали среди теней, окутывающих ее в пыльном, темном углу за шкафом. А Владимир Иваныч повторял свои странные злобные угрозы, и Ванде из ее душного угла он казался похожим на чародея, напускающего на нее таинственные наваждения, неотразимые и ужасные.

IV

Выдумка о червяке понравилась Рубоносову, он повторял ее несколько раз и за обедом, и после обеда вечером. Понравилась эта шутка и Анне Григорьевне, и девочкам, — все смеялись над Вандой. Ванда молчала и испуганно посматривала на Владимира Ивановича. Иногда она думала, что он шутит и что какой же может быть червяк? Иногда ей становилось страшно.

Весь вечер ей было не по себе. Она чувствовала себя и виноватой, и обиженной. Ей хотелось бы остаться одной, забиться куда-нибудь в угол и поплакать, — но нельзя было этого сделать: вокруг нее тихо жужжали ее подруги, и она сама должна была сидеть с ними, за постылыми книгами и скучными тетрадками; в соседней комнате разговаривали Рубоносовы. Ванда с нетерпением ожидала ночи, когда можно будет хоть одеялом покрыться от этих докучливых, ненужных людей.

Ванда сидела и притворялась, что занимается уроками. Закрывшись руками от подруг, она старалась представить себе отцов дом и глухие леса. Она смыкала глаза и видела далекую родину.

Весело трещит огонь в печке. Ванда сидит на полу и протягивает к огню застылые, красные руки, — она только что прибежала домой. А в окно глядит зимний день, морозный, светлый. Низкое солнце румянит искристые кристаллы оконных узоров. Тепло, уютно, кругом свои, — добродушный смех, шутки.

Но входил Рубоносов и спрашивал:

— Что, Ванда, задумалась? По червяке соскучилась, ясен колпак? Небось, вползет ночью в самое чрево.

Девочки смеялись, Ванда растерянно озиралась широкими черными глазами.

«Червяк!» — тихонько, одними губами, повторяла она и вдумывалась в это слово. Самый звук его казался ей странным и каким-то грубым. Почему червяк? Она расчленяла слово на слоги и звуки; гнусное шипение вначале, потом рокот угрозы, потом скользкое, противное окончание. Ванда брезгливо повела плечами, и холодок пробежал по ее спине. Бессмысленный и некрасивый слог «вяк» повторялся настойчиво в ее памяти, — он был ей противен, но она не могла от него отделаться.

V

Было поздно. Девочки разделись и улеглись в своей спальне, где их пять кроватей неуютно стояли в один ряд. Кровать Ванды была вторая с краю. По левую сторону у стены спала Дуня Хвастуновская, с правой стороны Саша, потом Катя, а у двери в спальню Рубоносовых Женя.

Тоскующими злобными глазами Ванда осматривала спальню. Хмурые тени в углах неприветливо смотрели на нее и, казалось ей, стерегли ее.

Стены покрыты некрасивыми темными обоями; на них грубо наляпаны лиловые цветы, с краской, наложенной мимо тех мест, где ей следовало быть. Обои наклеены кой-как, и узоры не сходятся. Наклеенный бумагой потолок низок и сумрачен. Ванде кажется, что он опускается, сжимает собою воздух и теснит ей грудь. Железные кровати тоже, кажется Ванде, пахнут чем-то неприятным и печальным, острогом или больницей.

Против кроватей, прямо перед глазами Ванды, стоят шкафы для одежды девочек, щелистые, сколоченные из гнилого дерева, с неплотно прилаженными дверцами. Когда мимо шкафов проходят, то их дверцы вздрагивают и слегка поскрипывают. Ванде досадно, что у шкафов такой жалкий и недоумевающий вид испуганных, дряхлых старичков.

Владимир Иваныч вошел в спальню девочек и зычно крикнул:

— Ванда, слышь, червяк-то вползет тебе нынче ночью в глотку.

Девочки захихикали и смотрели на Ванду и на Владимира Иваныча. Ванда молчала. Из-под одеяла сверкали на Владимира Иваныча ее большие черные глаза.

Рубоносов ушел. Девочки принялись дразнить Ванду. Они знали, что Ванду легко раздразнить до слез, и потому любили дразнить ее. И у Ванды задразненное недоверчивое сердце, открытое только мечтам о далекой родине.

Ванда тоскливо молчала, грустными глазами тупо

рассматривая сумрачный потолок. Девочки болтали и пересмеивались. Это надоело Владимиру Иванычу, — он собирался спать. Он крикнул из своей спальни:

— Цыц, ясен колпак! Что вы там раскудахтались, комики! Вот я вас плеткой!

Девочки затихли.

«Только и умеет что о плетке!» — досадливо подумала Ванда. Ей припомнились ласковые, добрые домашние, а Владимир Иваныч в сравнении с ними показался неотесанным, грубым. Но вдруг ей стало совестно осуждать его, — ведь все же она пред ним провинилась.

Скоро послышалось с соседней постели легкое сонное сопение быстро засыпающей Дуни. Это было сегодня противно Ванде. В теплом спертом воздухе ей дышалось трудно и грустно. Ей казалось, что здесь тесно и мало воздуху. Тоска и странная досада на что-то теснили ее грудь.

Она закрыла голову одеялом. Сердитые мысли пробежали в ее голове — и потухли, сменившись счастливыми, далекими грезами.

Ванда начала засыпать. Вдруг почувствовала она на губах что-то неприятное, как бы ползущее. Она вздрогнула от страха. Сон словно соскочил с нее.

Ее глаза широко и тоскливо раскрылись. Сердце замерло, — и застучало от боли быстро и сильно. Ванда торопливо поднесла руку ко рту и вытащила изо рта нечаянно попавший туда край простыни, слегка смоченный ее слюной. Он-то и произвел ощущение, так напугавшее ее.

Ванда почувствовала радость, как после избегнутой опасности. Она заметила теперь, что сердце ее сильно бьется. Она приложила руку к груди и, ощущая горячими пальцами быстрые толчки, улыбалась своему миновавшему испугу.

А в сумраке ночи вокруг нее смутно и неопределенно шевелилось что-то угрожающее, неизвестное. Радость ее была напряженная и улыбка бледная, а сердце уже опять замирало тихонько от того же темного, тайного предчувствия.

Ванде было тоскливо и томно. Она беспокойно ворочалась с боку на бок. Ей было душно. Одеяло мешало дышать. В ногах были неприятные ощущения: томная усталость наливала их болезненной тяжестью, подъемам ног было больно от стягивавшей их днем тесной обуви. Во всем теле ощущалась неловкость. Ей хотелось спать, она не могла уснуть, и глаза ее казались ей тяжелыми, сухими.

Ветер завыл в трубе жалобно и тонко. Кто-то из девочек впросонках пробормотал что-то. Томительная тоска бессонницы душными объятиями обхватила Ванду. Болезненно-неловко было ей лежать на тех грубых складках простыни и рубашки, которые она сама сбивала, мечась и ворочаясь.

Ванда пыталась помечтать, вызвать в себе сладкие и кроткие настроения, — но и это не удавалось ей. Девочки крепко спали, и Ванде казались они иногда неживыми и страшными.

Так пролежала она целый долгий час и наконец заснула.

VI

Ванда внезапно проснулась, точно ее толкнули. Была еще глубокая ночь, все спали. Ванда порывисто поднялась и села на постели, чем-то испуганная, каким-то смутным сном, какими-то неопределенными ощущениями. Напряженно всматривалась она в мрак спальни, думая отрывочными, неясными мыслями о чем-то, непонятном ей. Тоска сжимала ее сердце. Во рту была неприятная сухость, заставившая Ванду порывисто зевнуть. Тогда почувствовала она, как будто что-то постороннее ползет по ее языку, около самого его корня, что-то тягучее и противное, — ползет в глубине рта и щекочет зев. Ванда бессознательно сделала несколько глотательных движений. Ощущение ползучего на языке прекратилось.

Вдруг Ванда вспомнила о червяке. Она подумала, что это, конечно, вполз к ней в рот тот самый червяк и она проглотила его живьем. Ужас и отвращение охватили ее. В сумрачной тишине комнаты пронеслись отчаянные, пронзительные вопли Ванды.

Испуганные девочки повскакивали с постелей, не понимая, лепеча что-то и всхлипывая, и беспорядочно метались впотьмах, сталкиваясь одна с другой. Ванда затихла. Анна Григорьевна, узнав голос Ванды, прибежала из своей спальни неодетая, на бегу зажигая свечку. Слышно было за дверью, как тяжело ворочался на скрипевшей под ним кровати Владимир Иваныч, как он сердито мычал и как он потом начал отыскивать свою одежду.

Анна Григорьевна подошла к Ванде.

— Ванда, что ты? — спросила она. — С чего ты орешь! Чего испугалась, шальная?

При свете свечи девочки тоже сообразили, что это кричала Ванда, и столпились около ее кровати, пожимаясь спросонок от холода и протирая руками заспанные глаза. Ванда сидела на постели, согнувшись, поджимая ноги. Она дрожала всем телом и боязливо смотрела на Анну Григорьевну. Ее широко открытые глаза горели и выражали безотчетный ужас, Анна Григорьевна тронула ее за плечо:

— Да что с тобой, Ванда, говори же!

Ванда вдруг заплакала, громко, с детскими отчаянными вскрикиваниями, и залепетала:

Зубы ее как-то странно и звучно звякнули. Анна Григорьевна не вспомнила сразу, о каком червяке говорится.

— Какой червяк? — досадливо спрашивала она, обращаясь то к Ванде, то к другим девочкам.

Ванда еще сильнее заплакала, вскрикивая:

— Ой, батюшки, помогите: червяк заполз!

Она беспомощно открыла рот и сунула туда пальцы, бессознательно прикусила их, вытащила изо рта и опять зарыдала. Катя объяснила:

— Это ей, должно быть, приснилось, что в рот червяк заполз, о котоppм Владимир Иванович говорил.

Пришел и Владимир Иваныч и крикнул еще с порога:

— Ну, что у вас тут? Комики, спать не дают.

— Да вот, — отвечала ему Анна Григорьевна, — ты натолковал Ванде про червяка, она и поверила.

— Дура, — сказал Рубоносов, — ведь я шутил, никакого червяка нет.

Девочки засмеялись, теснее придвинулись к Ванде и стали ее ласкать и успокаивать:

— Это тебе только померещилось, Ванда, откуда может быть червяк?

— Вот дура-то! Пошутить с тобой нельзя! — воскликнул Рубоносов и ушел в свою спальню.

Дуня принесла Ванде воды в ковшике и убеждала Ванду выпить. Анна Григорьевна присела к Ванде на кровать и уговаривала ее. Мало-помалу Ванда успокоилась и быстро заснула.

VII

Ванда видела во сне родной дом, отца, мать, маленьких братьев, милый лес и верного Полкана.

Одноэтажный домик на краю маленького города, полузанесенный снегом. Весело вьется синий дымок над его крутой кровлей. Невдалеке белый лес со своей манящей грустью. Тихие небеса озарены ранним розовым закатом.

Потом пригрезилось лето. Извилистая река медленно струится. Желтые кувшинки недалеко от берега. Над рекой крутые глинистые обрывы. В тонком воздухе звенят и реют быстрые птицы.

Мать, ласковая, веселая. Ее светло-синие глаза, ее звенящий голос, напевающий тихую, мирную песенку.

Отец, такой суровый с виду. Но Ванду не пугают его длинные, жесткие усы, начинающие седеть, и его густые, нахмуренные брови. Ванда любит слушать его рассказы об его родине, далекой и несбыточной. Ванда родилась и выросла среди этих снегов, на родине своей матери, и отцовы рассказы она понимает по-своему, сказочно и роскошно.

Движение в спальне, голоса и смех девочек разбудили Ванду. Она открыла глаза. Чуждо и непонятно было ей все то, что она увидела. Так резок был переход от милых видений к этим пыльным стенам, к этим грубым обоям с нелепыми цветами, что она с полминуты пролежала, не понимая, где она и что с нею, полусознательно хватаясь за убегающие обрывки прерванного сна.

А потом знакомой тоской глянули на нее стены комнаты, знакомой тоской защемило ее сердце. Она грустно вспомнила, что опять целый день придется ей быть среди чужих, которые будут дразнить ее и червяком, и ее странным именем, и еще чем-нибудь обидным. Предчувствие обиды больно зашевелилось в ее сердце.

VIII

Рубоносовы и девочки пили чай. Ванда была еще бледна от ночного испуга. У нее болела голова, ей было томно и тоскливо, и она нехотя пила и ела. Во рту у нее был дурной вкус, и чай казался ей не то затхлым, не то кислым.

Владимир Иваныч пил с блюдечка и громко чмокал губами. Ванде казалось противным это чмоканье, а он торопился выпить побольше: скоро надо было идти на службу.

Анна Григорьевна заметила, что Ванда печальна, и спросила:

— Что с тобой, Ванда? не болит ли у тебя голова?

— Нет, ничего, Анна Григорьевна, я здорова, — отвечала Ванда, встрепенувшись и стараясь улыбнуться.

— Это она с перепугу такая бледная, — объяснила Катя.

Саша, вспомнив ночной переполох, громко засмеялась, заражая веселостью других девочек.

— Ты, Ванда, может быть, и в самом деле больна, — не остаться ли тебе дома? — спросила Анна Григорьевна.

Но Ванда слышала по ее голосу, что она рассердится, если остаться, и примет это за притворство. И Ванда поспешила сказать:

— Да нет, Анна Григорьевна, что вы, я же, право, совсем здорова.

— Что, верно, и вправду червяк вполз? — спросил Владимир Иваныч и зычно захохотал.

Все засмеялись, улыбалась и Ванда. При дневном свете она перестала бояться червяка. Но Рубоносову стало досадно, что Ванда улыбается: негодная шалунья смеет скалить зубы в то время, когда он пьет чай не из любимой чашки! Он решил еще попугать Ванду, чтоб она вперед помнила.

— А ты чего зубы скалить, Ванда? — сказал он, свирепо хмуря брови. — Ты и впрямь думаешь, что я шучу? Вот дура-то! Червяк только пока притих, — отогревается, а вот дай сроку, начнет сосать, взвоешь истошным голосом.

Ванда побледнела и вдруг явственно почувствовала в верхней части желудка легкое щекотание. Она испуганно схватилась за сердце. Анна Григорьевна встревожилась: захворает девчонка, — возись с ней, — родители живут за триста верст. Она стала унимать мужа:

— Да полно тебе, Владимир Иваныч, ну что пугаешь девчонку; опять ночью заблажит. Не каждую мне ночь с ней возжаться. И день намаешься с ними.

IX

Когда Ванда шла с подругами в гимназию, червяк продолжал щекотать все в том же месте. Ей было неловко и страшно. Ветер, который веял ей навстречу, казался ей беспощадным. Угрюмые заборы и унылые люди наводили на нее тоску, — и не могла она никак забыть, что в ней сидит червяк, маленький и тоненький, еле заметный, и щекочет, словно пробираясь куда-то, щекочет урывками: то притихнет, то начнет снова, как и этот беспощадный ветер, порывами вздымающий нелепо кружащиеся снежные вихри. Этот гул ветра на пустынных улицах томительно напоминал Ванде дремотную тишину далекого леса, где теперь под суровыми соснами звучно раздается мужественный голос ее отца. Но там, в лесу, — простор и божья воля, а здесь, в скучном чужом городе — стены и людское бессилье.

Ей вспомнилось, как любо ей было прятаться в отцову шубу, — санки бегут, а ветер разгульно взвизгивает и взвивает снежные тучи, и солнце сквозит в них, и многоцветными брызгами дробятся его лучи; слышен бодрый храп коней и протяжный гул полозьев, скользящих по снегу. Из ворот чьего-то дома на улицу тянулась узкая дорожка ельника. Пугливо сжалось сердце Ванды.

«И зачем я вчера разбила эту чашку! — горько подумала она. И зачем я прыгала? Чему обрадовалась?»

X

Сидя в классе, Ванда прислушивалась к тому, что делает ее червяк. Ей казалось по временам, что он подымается выше, к сердцу. Она старалась успокоить себя, думая, что это пройдет. Но от голых стен класса веяло на нее такой неумолимой строгостью, что ей делалось страшно.

Ее подруги рассказывали по всем классам про червяка, и Ванду немилосердно дразнили. На переменах девочки подходили к ней и спрашивали: — Правда, что вы червяка проглотили?

Ванда слышала за собой смех и тихие восклицания:

— Ванна червяка проглотила. (В гимназии Ванду дразнили "ванной", искажая так ее имя.)

Потом Ванду стали дразнить «под рифму».

— Ванна чашку разбила, червяка проглотила.

Ванда яростно бледнела и бранилась с подругами. Вдруг, в разгаре жаркой ссоры с надоедливой, смешливой барышней, Ванда почувствовала легкое сосание под самым сердцем. Испуганная, она замолчала, уселась на свое место и, не обращая ни на что внимания, стала прислушиваться к тому, что в ней делалось.

Под сердцем тихонько, надоедливо сосало. То затихнет, то опять засосет.

Это томительное сосание продолжалось и дома, и за обедом, и вечером. Когда утомленные червяком мысли Ванды переходили на другие предметы, червяк затихал. Но она сейчас же опять вспоминала о нем и начинала прислушиваться. Мало-помалу снова начиналось надоедливое сосание.

Ванде казалось иногда, что если бы забыть о червяке, то он затих бы. Но ей не удавалось забыть его: напоминали.

Все тоскливее и страшнее становилось Ванде, но ей стыдно было сказать, что червяк уже сосет ее. В ней робко гнездилась бледная надежда, что это пройдет само собой.

XI

Девочки сидели за уроками. Желтый свет лампы раздражал Ванду. Она прислушивалась к томительной работе червяка, который сосал все проворнее. Ванда оперлась локтями на стол, сжала голову ладонями и тупо смотрела на раскрытую книгу. Неизъяснимая тоска томила ее. Ей трудно дышалось в этом враждебном, замкнутом воздухе. Ванда подумала, стараясь утешить себя:

«Никакого червяка нет, это все только от тоски. Только бы развеселиться».

Она пробовала помечтать о доме. Вот будет весна, ее возьмут домой.

Прохладный и мшистый лес дремотен. Он полон свежими ароматами сосен. Вода в ручье серебристо звенит, переливаясь по камням. Темнеет в зелени покрытая толстым налетом крупная голубика.

Но мечты складывались трудно, и Ванда скоро устала заставлять себя мечтать.

Из столовой доносились голоса. Анна Григорьевна торопила Маланью: Владимир Иваныч встал от послеобеденного сна и сердился, что еще нет самовара.

Ванда порывисто отодвинула стул и пошла в столовую. Смуглое лицо ее было так бледно, что полные щеки казались опавшими за эти сутки. Глядя перед собой остановившимися глазами, она подошла к Анне Григорьевне и тихо сказала:

— Анна Григорьевна, у меня сосет под ложечкой.

— Что такое еще? — нетерпеливо спросила недослышавшая Анна Григорьевна.

— Под ложечкой... сосет... червяк, — упавшим голосом

говорила Ванда.

— А ну тебя, дура! — сердито крикнула Анна Григорьевна. — Возись тут с тобой, — только мне и дела!

— Ого! червяк! — торжествуя, закричал Владимир Иваныч. Он залился грохочущим хохотом, неистово восклицая:

— Сосет, ясен колпак! Доехал-таки я тебя! Володька Рубоносов не дурак!

Привлеченные хохотом, девочки прибежали в столовую. Хохот разгульно разливался вокруг Ванды. У нее закружилась голова. Она присела на стул и покорно и безнадежно глотала какое-то невкусное лекарство, которое наскоро смастерила ей Анна Григорьевна.

Она видела, что никто ее не жалеет и никто не хочет понять, что с ней делается.

XII

Ночью Ванда не может уснуть. Червяк угнездился под сердцем и сосет беспрерывно и мучительно. Ванда приподнялась, опираясь локтем на подушку. Одеяло скатилось с ее плеч. В слабом свете предпраздничной лампады слабо белела рубашка Ванды, смуглели ее голые руки, и испуганно горели на бледном лице черные широкие глаза. Боль становилась, казалось Ванде, нестерпимой. Она тихонько заплакала. Но она не смела разбудить Анну Григорьевну. Смутная боязнь людской враждебности мешала ей звать на помощь. Она прильнула лицом к подушке, чтоб заглушить звуки своего плача. Но рыдания теснили ее грудь. В спальне раздавалось тихое, но отчаянное аханье плачущей девочки.

— Что мне делать? — тихонько и горестно восклицала Ванда. — И чему я радовалась, дура какая! Что урок-то вызубрила? О, боже мой! Неужели же погибать из-за разбитой чашки! Ванда встала с постели. Девочки спали, — слышалось их мерное, глубокое дыхание. Ванда стала на колени перед своим образком, прикрепленным к изголовью кровати. Она молилась, складывая руки на груди и тихонько шепча дрожащими пересыхающими губами слова отчаяния и надежды. Увлекшись, она начала шептать погромче и всхлипывать. Саша заворочалась на постели и залепетала что-то. Ванда испуганно притихла, присела на коленях и тревожно ждала. Все опять было тихо, никто не проснулся.

Ванда молилась долго, но молитва не успокоила ее. Тишина и сумрак враждебно отвечали ее молитве. Ванде казалось, что кто-то тихий проходит близко, что-то движется и тайно веет, — но все это идет мимо нее с чарами и властью, и до нее никому нет дела. Одна, потерянная в чужом краю, никому она не нужна. Кроткий ангел пролетает над ней к счастливым и кротким, — и не приникнет к ней.

XIII

Проходили томительные дни и страшные ночи. Ванда быстро худела. Ее черные глаза, оттененные теперь синими пятнами под ними, были сухи и тревожны. Червяк грыз ее сердце, и она порою глухо вскрикивала от мучительной боли. Было страшно, и трудно дышалось, так трудно, кололо в груди, когда Ванда вздыхала поглубже.

Но она уже не смела просить помощи. Ей казалось, что все здесь за червяка и против нее.

Ванда ясно представляла своего мучителя. Прежде он был тоненький, серенький, со слабыми челюстями; он едва двигался и не умел присасываться. Но вот он отогрелся, окреп, — теперь он красный, тучный, он беспрерывно жует и неутомимо движется, отыскивая еще неизраненные места в сердце.

Наконец Ванда решила написать отцу, чтоб ее взяли. Надо было писать тайком.

Улучив минуту, Ванда подошла к столу Рубоносова, вытащила из-под мраморного пресса, в виде дамской ручки, конверт и спрятала его в карман. В это время услышала она легкие шаги. Она вздрогнула, как пойманная, и неловко отскочила от стола. Проходила Женя. Ванда не могла решить, видела ли Женя, что она взяла конверт. Сидя за уроками, она внимательно посматривала на Женю. Но Женя углубилась в свои книги.

«Конечно, она не видела, — сообразила Ванда, — а то сейчас бы наябедничала».

Ванда писала письмо, прикрывая его тетрадями. Приходилось беспрестанно отрываться, — проходила Анна Григорьевна, смотрели подруги. Вот что она писала.

«Милые папа и мама, возьмите меня, пожалуйста, домой. В меня вполз червяк, и мне очень худо. Я разбила, шаливши, чашку Владимира Ивановича, и он сказал, что вползет червяк, и в меня вполз червяк, и если вы меня не возьмете, то я умру, и вам будет меня жалко. Пришлите за мной поскорее, я дома поправлюсь, а здесь я не могу жить. Пожалуйста, возьмите меня хоть до осени, а я сама буду учиться и потом поступлю в четвертый класс, а если вы не возьмете, то червяк изгложет мне сердце, и я скоро умру. А если вы меня возьмете, то я буду учить Лешу читать и арифметике. Извините, что я не наклеила марки, у меня нет денег, а у Анны Григорьевны я не смею спросить. Целую вас, милые папа и мама, и братцев и сестриц, и Полкана. Ваша Ванда. А я не ленилась, и у меня хорошие отметки».

Между тем Женя отправилась к Анне Григорьевне и принялась шепотом рассказывать ей что-то. Анна Григорьевна слушала молча и сверкала злыми глазами. Женя вернулась и с невинным видом принялась за урок.

Ванда надписывала конверт. Вдруг ей стало неловко и жутко. Она подняла голову, — все подруги смотрели на нее с тупым, странным любопытством. По их лицам было видно, что есть еще кто-то в комнате. Ванде сделалось холодно и страшно. С томительной дрожью обернулась она, забывая даже прикрыть конверт. За ее спиной стояла Анна Григорьевна и смотрела на ее тетради, из-под которых виднелось письмо. Глаза ее злобно сверкали, и клыки страшно желтели во рту под губой, вздрагивавшей от ярости.

XIV

Ванда сидела у окна и печально глядела на улицу. Улица была мертва, дома стояли в саванах из снега. Там, где на снег падали лучи заката, он блестел пышно и жестоко, как серебряная парча нарядного гроба.

Ванда была больна, и ее не пускали в гимназию. Исхудалые щеки ее рдели пышным неподвижным румянцем. Беспокойство и страх томили ее, робкое бессилие сковывало ее волю. Она привыкла к мучительной работе червяка, и ей было все равно, молчит ли он или грызет ее сердце. Но ей казалось, что кто-то стоит за ней, и она не смела оглянуться. Пугливыми глазами глядела она на улицу. Но улица была мертва в своем пышном глазете.

А в комнате, казалось ей, было душно и мглисто пахло ладаном.

XV

Был яркий солнечный день. Но больная Ванда лежала в постели. Ее перевели в другую комнату, где стояла только ее кровать. Пахло лекарствами. Страшно исхудалая, лежала Ванда, выпростав из-под одеяла бессильные руки. Она безучастно озирала новые, но уже постылые стены. Мучительный кашель надрывал быстро замиравшую детскую грудь. Неподвижные пятна чахоточного румянца ярко пылали на впалых щеках; их смуглый цвет принял восковой оттенок. Жестокая улыбка искажала ее рот, — он от страшной худобы лица перестал плотно закрываться. Хриплым голосом лепетала она бессвязные, нелепые слова.

Ванда уже не боялась этих чужих людей, — им было страшно слышать ее злые речи. Ванда знала, что погибает.

Тени

Худощавый, бледный мальчик лет двенадцати, Володя Ловлев только что вернулся из гимназии и ждал обеда. Он стоял в гостиной у рояля и рассматривал последний номер «Нивы», который принесли с почты сегодня утром. Из газеты, которая лежала тут же, прикрывая один лист «Нивы», выпала маленькая книжечка, напечатанная на тонкой серой бумаге, — объявление иллюстрированного журнала. В этой книжечке издатель перечислял будущих сотрудников, — полсотни известных литературных имен, — многословно хвалил журнал весь в целом и по отделам, весьма разнообразным, и давал образчики иллюстраций. Володя начал рассеянно перелистывать серенькую книжку, рассматривая крохотные картинки. Его большие глаза на бледном лице глядели устало. Одна страничка вдруг заинтересовала мальчика и заставила его широкие глаза раскрыться еще шире. Сверху вниз вдоль странички было напечатано шесть рисунков, изображавших сложенные разными способами руки, тени которых, отброшенные на белую стену, образовали темные силуэты: головку барышни в какой-то смешной рогатой шляпке, голову осла, быка, сидячую фигуру белки и еще что-то в этом же роде. Володя, улыбаясь, углубился в рассматривание рисунков. Ему знакома была эта забава: он сам мог сложить пальцы одной руки так, чтобы на стене появилась заячья головка. Но здесь было кое-что, чего Володя еще не видывал; и, — самое главное, — здесь все были фигуры довольно сложные, для двух рук. Володе захотелось воспроизвести эти тени. Но теперь, при рассеянном свете догоравшего осеннего дня, конечно, ничего хорошего не выйдет. Надо взять книжку к себе, сообразил он, — ведь она же не нужна. В это время услышал он в соседней комнате приближающиеся шаги и голос матери. Покраснев отчего-то, он быстро сунул книжку в карман и отошел от рояля, навстречу своей маме. Она подходила к нему, ласково улыбаясь, такая похожая на него, с такими же широкими глазами на бледном прекрасном лице. Мама спросила, по обыкновению: — Что у вас сегодня новенького? — Да ничего нового, — хмуро сказал Володя. Но ему сейчас же показалось, что он говорит с мамою грубо, и стало от этого стыдно. Он ласково улыбнулся и стал припоминать, что было в гимназии, — но при этом еще яснее почувствовал досаду. — У нас Пружинин опять отличился, — начал он рассказывать об учителе, нелюбимом гимназистами за грубость. — Ему наш Леонтьев отвечал урок и напутал, а он и говорит ему: «Ну, довольно, говорит, садитесь, — вались дерево на дерево!» — А вы все сейчас и заметите, — сказала мама, улыбаясь. — Вообще, он ужасно грубый. Володя помолчал немного, вздохнул и заговорил жалующимся голосом: — И все-то они торопятся. — Кто? — спросила мама. Да учителя. Каждый хочет поскорее курс пройти, да повторить хорошенько к экзаменам. Если о чем спросишь, так уж наверное подумают, что это гимназист зубы заговаривает, чтобы до звонка протянуть, чтоб не спросили. — А вы после уроков разговаривайте. — Ну да,— после уроков тоже торопятся, домой или в женскую гимназию на уроки. И все так скоро, — сейчас геометрия, а сейчас и греческий. — Не зевай! Да, не зевай! Как белка в колесе. Право, это меня раздражает. Мама легонько усмехнулась.

II

После обеда Володя отправился в свою комнату приготовлять уроки. Мама заботится, чтобы Володе было удобно, — и здесь есть все, чему надлежит быть в такой комнате. Володе здесь никто не помешает, даже мама не приходит к нему в это время. Она придет попозже, помочь Володе, если это будет нужно. Володя был мальчик прилежный и, как говорится, способный. Но сегодня ему трудно было заниматься. За какой бы урок он ни взялся, вспоминалось что-нибудь неприятное, — вспомнился учитель того предмета, его язвительная или грубая фраза, брошенная мимоходом и запавшая в глубину души впечатлительного мальчика. Случилось почему-то, что многие из последних уроков сошли неудачно: учителя являлись недовольные, и дело у них не клеилось. Дурное настроение их сообщалось Володе, и теперь веяло на него со страниц книг и тетрадей хмурое и смутное беспокойство. От одного урока он торопливо переходил к другому, третьему, — и это мелькание маленьких дел, которые надо поскорее исполнить, чтобы не оказаться завтра «деревом на дереве» своей скамьи, бестолковое и ненужное мелькание раздражало его. Он начал даже зевать от скуки и досады и нетерпеливо болтать ногами, тревожно двигаясь на стуле. Но Володя твердо знал, что все эти уроки надо непременно выучить, что это очень важно, что от этого зависит вся его судьба, и он добросовестно делал скучное для него дело. Володя сделал на тетрадке маленькое пятнышко и отложил перо. Вглядевшись внимательно, он решил, что можно стереть перочинным ножом. Володя был рад развлечению. На столе ножа не было. Володя сунул руку в карман и порылся там. Среди всякого сора и хлама, по мальчишеской привычке напиханного в карман, нащупал он ножик и потянул его, а с ним заодно и какую-то книжку. Володя еще не знал, что это за бумага в его руке, но, уже вытаскивая ее, вдруг вспомнил, что эта книжка с тенями, — и внезапно обрадовался и оживился. Так и есть, это — она, та самая книжка, о которой он уже и забыл, занявшись уроками. Он проворно вскочил со стула, подвинул лампу поближе к стене, опасливо покосился на притворенную дверь, — не вошел бы кто-нибудь, — и, развернув книжку на знакомой странице, принялся внимательно разглядывать первый рисунок и складывать по этому рисунку пальцы. Тень выходила сначала нескладная, не такая, как надо, — Володя передвигал лампу и так и этак, сгибал и вытягивал пальцы, — и наконец получил на белых обоях своей комнаты женскую головку в рогатом уборе. Володе стало весело. Он наклонял руки и слегка шевелил пальцами, — головка кланялась, улыбалась, делала смешные гримасы. Володя перешел ко второй фигуре, потом к следующим. Все они сначала не давались, но Володя кой-как справился с ними. В таких занятиях провел он с полчаса и забыл об уроках, о гимназии, о всем в мире. Вдруг за дверью послышались знакомые шаги. Володя вспыхнул, сунул книжку в карман, быстро подвинул лампу на место, причем едва не опрокинул ее, — и уселся, сгибаясь над тетрадкою. Вошла мама. — Пойдем чай пить, Володенька, — сказала она. Володя притворился, что смотрит на пятно и собирается открыть ножик. Мама нежно положила руки на его голову, — Володя бросил ножик и прижался к маме раскрасневшимся лицом. Очевидно, мама ничего не заметила, и Володя был рад этому. Но ему все-таки было стыдно, словно его поймали в глупой шалости.

III

На круглом столе посреди столовой самовар тихо напевал свою воркующую песенку. Висячая лампа разливала по белой скатерти и темным обоям дремотное настроение. Мама задумалась о чем-то, наклоняя над столом прекрасное бледное лицо. Володя положил руку на стол и помешивал ложкою в стакане. Сладкие струйки пробегали в чае, тонкие пузырьки подымались на его поверхность. Серебряная ложка тихонько бренчала. Кипяток, плеща, падал из крана в мамину чашку. От ложечки на блюдце и на скатерть бежала легкая, растворившаяся в чае тень. Володя всматривался в нее: среди теней, бросаемых сладкими струйками и легкими пузырьками воздуха, она напоминала что-то, — что именно, Володя не мог решить. Он наклонял и вертел ложечку, перебирал по ней пальцами, — ничего не выходило. «А все-таки, — упрямо подумал он, — не из одних же пальцев можно складывать, тени. Из всего можно, только надо приноровиться». И Володя стал всматриваться в тени самовара, стульев, маминой головы, в тени, отбрасываемые на столе посудой, — и во всех этих тенях старался уловить сходство с чем-нибудь. Мама говорила что-то, — Володя слушал невнимательно. — Как теперь Леша Ситников учится? — спросила мама. Володя в это время рассматривал тень молочника. Он встрепенулся и торопливо ответил: — На кота. — Володя, ты совсем спишь, — с удивлением сказала мама. — Какой кот? Володя покраснел. — Не знаю, с чего мне пришло, — сказал он. — Извини, мамочка, я не расслышал.

IV

На другой вечер перед чаем Володя опять вспомнил о тенях и опять занялся ими. Одна тень у него все плохо выходила, как он ни вытягивал и ни сгибал пальцы. Володя так увлекся, что не заметил, как подошла мама. Заслышав скрип отворяющейся двери, он сунул книжку в карман и смущенно отвернулся от стены. Но мама уже смотрела на его руки, и боязливая тревога мелькнула в ее широких глазах. — Что ты делаешь, Володя? Что ты спрятал? — Нет, ничего, так, — бормотал Володя, краснея и неловко переминаясь. Маме представилось почему-то, что Володя хотел курить и спрятал папиросу. Володя, покажи сейчас, что ты спрятал, — говорила она испуганным голосом. — Право же, мама... Мама взяла

Володю за локоть. — Что ж, мне самой к тебе в карман лезть? Володя еще сильнее покраснел и вытащил из кармана книжку. — Вот, — сказал он, протягивая ее маме. — Что ж это? Ну вот, — объяснил Володя, — тут рисуночки есть, — вот видишь, тени. Ну, я и показывал их на стене, да у меня плохо выходило. — Ну, что ж тут прятать! — сказала мама, успокоившись. — Какие ж это тени, покажи мне. Володя застыдился, но послушно стал показывать маме тени. — Вот это — голова лысого господина. А это — заячья голова. — Ах ты! — сказала мама. — Вот ты как уроки готовишь! — Я, мама, немножко. — То-то, немножко! Чего ж ты краснеешь, милый мой? Ну полно, ведь я знаю, ты все сделаешь, что надо. Мама взъерошила Володины коротенькие волосы. Володя засмеялся и спрятал пылающее лицо под мамиными локтями. Мама ушла, а Володя все еще чувствовал неловкость и стыд. Мама застала его за таким занятием, над которым он сам посмеялся бы, если бы застал за ним товарища. Володя знал, что он — мальчик умный, и считал себя серьезным, а ведь это все-таки — забава, годная разве только для девочек, когда они соберутся. Он сунул книжку с тенями подальше в ящик своего стола и не вынимал ее оттуда больше недели, да и о тенях всю эту неделю мало вспоминал. Разве только иногда вечером, переходя от предмета к другому, улыбнется он, вспомнив рогатую головку барышни, — иногда даже сунется в ящик за книжкою, да вспомнит сейчас же, как мама застала его, застыдится и скорее за дело.

V

Володя и его мама, Евгения Степановна, жили на окраине губернского города, в собственном мамином доме. Евгения Степановна вдовела уже девять лет. Теперь ей было тридцать пять лет, она была еще молода и прекрасна, и Володя любил ее нежно. Она вся жила для сына, училась для него древним языкам и болела всеми его школьными тревогами. Тихая, ласковая, она несколько боязливо смотрела на мир широкими глазами, кротко мерцавшими на бледном лице. Они жили с одною прислугою. Прасковья, угрюмая вдова, мещанка, была баба сильная, крепкая; ей было лет сорок пять, но по строгой молчаливости своей она была похожа на столетнюю старуху. Когда Володя смотрел на ее мрачное, словно каменное лицо, ему часто хотелось узнать, что думает она длинными зимними вечерами на своей кухне, когда холодные спицы, позванивая, мерно шевелятся в ее костлявых руках и сухие губы ведут беззвучный счет. Вспоминает ли она пьяницу мужа? Или рано умерших детей? Или мерещится ей одинокая и бесприютная старость? Безнадежно уныло и строго ее окаменелое лицо.

VI

Долгий осенний вечер. За стеною и дождь и ветер. Как надоедливо, как равнодушно горит лампа! Володя оперся на локоть, весь наклоняясь над столом на левый бок, и смотрел на белую стену комнаты, на белую штору окна. Не видны бледные цветы на обоях... Скучный белый цвет... Белый абажур задерживает отчасти лучи лампы. Вся верхняя половина комнаты в полусвете. Володя протянул вверх правую руку. По затененной абажуром стене потянулась длинная тень, слабо очерченная, смутная... тень ангела, улетающего в небеса от порочного и скорбного мира, прозрачная тень с широкими крыльями, с головой, грустно склоненной на высокую грудь. Неуносится ли из мира нежными руками ангела что-то значительное и пренебреженное?.. Володя тяжело перевел дыхание. Рука его лениво опустилась. Он склонил скучающие глаза на свои книги. Долгий осенний вечер... Скучный белый цвет... За стеною плачет и лепечет...

VII

Мама второй раз застала Володю за тенями. На этот раз бычачья голова очень удалась ему, и он любовался ею и заставлял быка вытягивать шею и мычать. Но мама была недовольна. — Вот как ты занимаешься! — укоризненно сказала она. — Я ведь немножко, мама, — застенчиво прошептал Володя. — Можно бы этим и в свободное время заняться, — продолжала мама. — Ведь ты не маленький, — как тебе не стыдно тратить время на такие пустяки! — Мамочка, я больше не буду. Но Володе трудно было исполнить обещание. Ему очень нравилось делать тени, и желание заняться этим частенько стало приходить ему среди какого-нибудь интересного урока. Эта шалость иной вечер отнимала у него много времени и мешала хорошенько приготовить уроки. Приходилось наверстывать потом и недосыпать. А как бросить забаву? Володе удалось изобрести несколько новых фигур, и не только при помощи пальцев. И эти фигуры жили на стене и, казалось иногда Володе, вели с ним занятные беседы. Впрочем, он и раньше был большой мечтатель.

VIII

Ночь. В Володиной комнате темно. Володя улегся в свою постель, но ему не спится. Он лежит на спине и смотрит на потолок. По улице идет кто-то с фонарем. Вот по потолку пробегает его тень среди красных световых пятен от фонаря. Видно, что фонарь качается в руках прохожего, — тень колышется неровно и трепетно. Володе становится почему-то жутко и страшно. Он быстро натягивает одеяло на голову, и, весь содрогаясь от торопливости, ложится поскорее на правый бок, и принимается мечтать. Ему становится тепло и нежно. В голове его складываются милые, наивные мечты, те мечты, которые посещают его перед сном. Часто, когда он ляжет спать, ему делается вдруг страшно, он словно становится меньше и слабее, — и прячется в подушки, забывает мальчишеские ухватки, делается нежным, ласковым, и ему хочется обнять и зацеловать маму.

IX

Сгущались серые сумерки. Тени сливались. Володе было грустно. Но вот и лампа. Свет пролился на зеленое сукно стола, по стене прошмыгнули неопределенные милые тени. Володя почувствовал прилив радости и одушевления и заторопился вынуть серенькую книжку. Бык мычит... Барышня звонко хохочет... Какие злые, круглые глаза делает этот лысый господин! Теперь свое. Степь. Странник с котомкой. Кажется, слышна печальная, тягучая дорожная песня... Володе радостно и грустно.

X

— Володя, я уж третий раз вижу у тебя эту книжку. Что ж, ты целыми вечерами на свои пальцы любуешься? Володя неловко стоял у стола, как пойманный шалун, и вертел книжку в горячих пальцах. — Дай мне ее сюда! — сказала мама. Володя сконфуженно протянул ей книжку. Мама взяла ее и молча ушла, а Володя уселся за тетрадки. Ему было стыдно, что он своим упрямством огорчил маму, и досадно, что она отняла от него книжку, и еще стыдно, что он довел себя до этого. Он чувствовал себя очень неловко, и досада на маму терзала его: ему совестно было сердиться на маму, но он не мог не сердиться. И оттого, что сердиться было совестно, он еще более сердился. «Ну, пусть отняла, — подумал он, наконец, — а я и так обойдусь». И в самом деле, Володя уже знал фигуры на память и пользовался книжкой только так, для верности.

—

XI

Мама принесла к себе книжку с рисунками теней, раскрыла их, — и задумалась. «Что же в них заманчивого? — думала она. — Ведь он — умный, хороший мальчик, — и вдруг увлекается такими пустяками!» «Нет, уж это, значит, не пустяки!..» «Что же, что тут?» — настойчиво спрашивала она себя. Странная боязнь зарождалась в ней, — какое-то неприязненное, робкое чувство к этим черным рисункам. Она встала и зажгла свечу. С серенькой книжкой в руках подошла она к стене и приостановилась в боязливой тоске. «Да, надо же наконец узнать, в чем здесь дело», — решила она и принялась делать тени, от первой до последней. Она настойчиво, внимательно складывала пальцы и сгибала руки, пока не получала той фигуры, какая была ей нужна. Смутное, боязливое чувство шевелилось в ней. Она старалась его преодолеть. Но боязнь росла и чаровала ее. Руки ее дрожали, а мысль, запуганная сумерками жизни, бежала навстречу грозящим печалям. Вдруг услышала она шаги сына. Она вздрогнула, спрятала книжку и погасила свечу. Володя вошел и остановился у порога, смущенный тем, что мама строго смотрит на него и стоит у стены в неловком, странном положении. — Что тебе? — спросила мама суровым, неровным голосом. Смутная догадка пробежала в Володиной голове, но Володя поторопился ее отогнать и заговорил с мамой.

XII

Володя ушел. Мама прошлась несколько раз по комнате. Она заметила, что за нею на полу движется ее тень, и — странное дело! — первый раз в жизни ей сделалось неловко от этой тени. Мысль о том, что есть тень, беспрестанно приходила ей в голову, — но Евгения Степановна почему-то боялась этой мысли и даже старалась не глядеть на тень. А тень ползла за нею и дразнила ее. Евгения Степановна пыталась думать о другом, — напрасно. Она внезапно остановилась, бледная, взволнованная. — Ну, тень, тень! — воскликнула она вслух, со странным раздражением топая ногами, — ну что же из того? что же? И вдруг сразу сообразила, что глупо так кричать и топать ногами, и притихла. Она подошла к зеркалу. Ее лицо было бледнее обыкновенного, и губы ее дрожали испуганной злобой. «Нервы, — подумала она, — надо взять себя в руки».

XIII

Ложились сумерки. Володя размечтался. — Пойдем, погуляем, Володя, — сказала мама. Но и на улице были повсюду тени, вечерние, таинственные, неуловимые, — и они шептали Володе что-то родное и бесконечно печальное. В туманном небе проглянули две-три звезды, такие далекие и чужие и Володе и обступившим его теням. Но Володя, чтоб сделать приятное маме, стал думать об этих звездах: только они одни были чужды теням. — Мама, — сказал он, не замечая, что перебил маму, которая говорила ему о чем-то, — как жаль, что нельзя добраться вот до этих звезд. Мама взглянула на небо и ответила: — Да и не надо. Только на земле нам и хорошо, там другое. — А как они слабо светят! Впрочем, тем и лучше. — Почему? — Ведь если бы они посильнее светили, так и от них побежали бы тени. — Ах, Володя, зачем ты все только о тенях и думаешь? — Я, мама, нечаянно, — сказал Володя раскаивающимся голосом.

XIV

Володя все еще старался приготовлять уроки получше, — он боялся огорчить маму леностью. Но всю силу своей фантазии он употреблял на то, чтобы вечером уставить на своем столе груду предметов, которая отбросила бы новую, причудливую тень. Он раскладывал так и этак все, что было у него под руками, и радовался, когда на белой стене появлялись очертания, которые можно было осмыслить. Эти теневые очертания становились близки ему и дороги. Они не были немы, они говорили, — и Володя понимал их лепечущий язык. Он понимал, на что ропщет этот унылый пешеход, бредущий по большой дороге в осеннюю слякоть, с клюкою в дрожащих руках, с котомкой на понурой спине. Он понимал, на что жалуется морозным треском сучьев занесенный снегом лес, тоскующий в зимнем затишье, и про что каркает медленный ворон на поседелом дубе, и о чем грустит суетливая белка над опустелым дуплом. Он понимал, о чем на тоскливом осеннем ветре плачут нищие старухи, дряхлые, бесприютные, которые в ветхих лохмотьях дрожат на тесном кладбище, среди шатких крестов и безнадежно черных могил. Самозабвение и томительная грусть!

XV

Мама замечала, что Володя продолжает шалить. За обедом она сказала: — Хоть бы ты, Володя, другим чем заинтересовался. — Да чем? — Почитал бы. — Да, начнешь читать, а самого так и тянет делать тени. — Забаву бы придумал другую, — хоть мыльные пузыри. Володя грустно улыбнулся. — Да, пузыри полетят, а за ними тени по стене. — Володя, ведь ты этак вконец расстроишь себе нервы. Ведь я вижу, — ты даже похудел из-за этого. — Мама, ты преувеличиваешь! — Пожалуйста! Ведь я знаю, — ты по ночам стал плохо спать и бредишь иногда. Ну, представь, если ты захвораешь! — Вот еще! — Не дай бог, сойдешь с ума или умрешь, — какое мне горе будет! Володя засмеялся и кинулся на шею к маме. — Мамочка, я не умру. Я больше не буду. Мама заметила, что Володя уже плачет. — Ну, полно, — сказала она, — бог милостив. Вот видишь, какой ты стал нервный, — и смеешься, и плачешь.

XVI

Мама пристально, боязливо всматривалась в Володю. Всякие мелочи теперь волновали ее. Она заметила, что Володина голова слегка несимметрична: одно ухо было выше другого, подбородок немного отклонен в сторону. Мама смотрела в зеркало и замечала, что Володя и в этом похож на нее. «Может быть, — думала она, — это — один из признаков дурной наследственности, вырождения? И в ком тогда корень зла? Я ли — такая неуравновешенная? Или отец?» Евгения Степановна вспомнила покойного мужа. Это был добрейший и милейший человек, слабовольный, с бессмысленными порываниями куда-то, то восторженно, то мистически настроенный, грезивший о лучшем общественном устройстве, ходивший в народ, — и пивший запоем в последние годы жизни. Он был молод, когда умер, — ему было тогда всего тридцать пять лет. Мама даже свела Володю к врачу и описала его болезнь. Врач, жизнерадостный молодой человек, выслушал ее, посмеиваясь, дал кой-какие советы относительно диеты и образа жизни, сопровождая их шутливыми прибаутками, весело настрочил «рецептик микстурки» и игриво прибавил, похлопывая Володю по спине: — А самое лучшее лекарство — посечь бы. Мама жестоко обиделась за Володю, но все остальные предписания выполнила в точности.

XVII

Володя сидел в классе. Ему было скучно. Он слушал невнимательно. Он поднял глаза. На потолке к передней стене класса двигалась тень. Володя заметил, что она падает из первого окна. Сначала она легла от окна к середине класса, а потом быстро прошмыгнула от Володи вперед, — очевидно, на улице под окном шел кто-то. Когда еще эта тень двигалась, от второго окна упала другая тень, тоже сначала к задней стене, потом начала быстро поворачиваться к передней. То же повторилось в третьем и четвертом окне, — тени падали в класс, на потолок, и по мере того, как прохожий подвигался вперед, они тянулись назад. «Да, — подумал Володя, — это не так, как в открытом месте, где тень тянется за человеком; здесь, когда человек идет вперед, тень скользит назад, и другие тени уже опять встречают его впереди». Володя перевел глаза на сухую фигуру учителя. Холодное, желтое лицо учителя раздражает Володю. Володя ищет его тень и находит ее на стене, за учительским стулом. Тень уродливо перегибается и колышется, — но у нее нет желтого лица и язвительной усмешки, и Володе приятно смотреть на нее. Мысли его убегают куда-то далеко, — и он уже совсем ничего не слышит. — Ловлев! — называет его учитель. Володя по привычке подымается и стоит, тупо глядя на учителя. У него такой нездешний вид, что товарищи смеются, а учитель делает укоризненное лицо. Потом Володя слышит, что учитель издевается над ним вежливо и зло. Володя дрожит от обиды и от бессилия. Потом учитель объявляет ему, что ставит ему единицу за незнание и невнимательность, и приглашает его садиться. Володя глупо улыбается и принимается соображать, что с ним случилось.

XVIII

Единица, первая в Володиной жизни! Как это было странно для Володи! — Ловлев! — дразнят его товарищи, смеясь и толкаясь. — Схватил кол! С праздником! Володе неловко. Он еще не знает, как следует вести себя в таких случаях. — Ну, схватил, — досадливо говорит он, — тебе-то что за дело! — Ловлев! — кричит ему ленивый Снегирев. — Нашего полку прибыло! Первая единица! И ее надо было показать маме. Это было стыдно и унизительно. Володя чувствовал на своей спине в ранце странную тяжесть и неловкость, — этот «кол» пренеудобно торчал в его сознании и никак не вязался ни с чем в его уме. — Единица! Он не мог привыкнуть к мысли об единице и не мог думать ни о чем другом. Когда городовой близ гимназии посмотрел на него, по обычаю своему, строго, Володя почему-то подумал: «А вот если бы ты знал, что у меня единица!» Это было совсем неловко и непривычно, — Володя не знал, как ему держать голову и куда девать руки, — во всем теле была неловкость. И еще было надо принимать перед товарищами беззаботный вид и говорить о другом! Товарищи! Володя был уверен, что все они ужасно рады его единице.

XIX

Мама посмотрела на единицу, перевела непонимающие глаза на Володю, опять взглянула на отметку и тихо воскликнула: — Володя! Володя стоял перед нею и уничтожался. Он смотрел на складки мамина платья, на мамины бледные руки и чувствовал на своих трепетных веках ее испуганные взгляды. — Что это? — спросила мама. — Ну что ж, мама, — вдруг заговорил Володя, — ведь это ж первая! — Первая! — Ну, ведь это со всяким может быть. И право, это нечаянно. — Ах, Володя, Володя! Володя заплакал, по-ребячьи размазывая слезы ладонью по щекам. — Мамочка, не сердись, — зашептал он. — Вот твои тени! — сказала мама. В ее голосе Володе послышались слезы. Сердце его сжалось. Он взглянул на маму. Она плакала. Он бросился к ней. — Мама, мама, — повторял он, целуя ее руки, — я брошу, право, брошу всякие тени.

XX

Володя сделал громадное усилие воли, — и не занимался тенями, как его ни тянуло к ним. Он старался наверстать пропущенное из уроков. Но тени настойчиво мерещились ему.

Пусть он вызывал их, складывая пальцы, пусть он не громоздил предмет на предмет, чтоб они отбросили тень на стене, — тени сами обступали его, назойливые, неотвязные. Володе уже незанимательны стали предметы, он их почти и не видел, — все его внимание уходило на их тени. Когда он шел домой и солнце, бывало, проглянет из осенних туч хоть в дымчатой ризке, — он радовался, что повсюду побежали тени. Тени от лампы стояли около него, когда он вечером был дома. Тени везде, вокруг, — резкие тени от огней, смутные от рассеянного дневного света, — все они теснились к Володе, скрещивались, обволакивали его неразрывной сетью. Некоторые из них были непонятны, загадочны, другие напоминали что-то, на что-то намекали, — но были и милые тени, близкие, знакомые, — вот их-то и сам Володя, хотя и мимовольно, искал и ловил повсюду в беспорядочном мелькании чуждых теней. Но грустны были эти милые и знакомые тени. Когда же замечал Володя, что сам он ищет этих теней, он терзался совестью и шел каяться к маме. Случилось однажды, что Володя не одолел соблазна, пристроился к стене и начал показывать себе бычка. Мама застала его. — Опять! — сердито воскликнула она. — Нет, я наконец попрошу директора, чтобы тебя сажали в карцер. Володя досадливо покраснел и угрюмо ответил: — И там есть стена. Везде стена. — Володя! — горестно воскликнула мама. — Что ты говоришь! Но Володя уже кается в своей грубости и плачет. — Мама, я сам не знаю, что со мною делается.

XXI

А мама все не может одолеть своего суеверного страха теней. Ей все чаще думается, что она, как Володя, погрузится в созерцание теней, но она старается утешить себя. — Какие глупые мысли! — говорит она себе. — Все обойдется, даст бог, благополучно: нашалится и перестанет. А сердце замирает от тайного ужаса, и настойчиво забегает ее мысль, пугливая перед жизнью, навстречу будущим печалям. В тоскливые минуты утра она поверяет свою душу, вспоминает свою жизнь, — и видит ее пустоту, ненужность, бесцельность. Одно только бессмысленное мелькание теней, сливающихся в густеющих сумерках. «Зачем я жила? — спрашивает она себя. — Для сына? Но для чего? Чтобы и он стал добычею теней, маниаком с узким горизонтом, — прикованный к иллюзиям, к бессмысленным отражениям на безжизненной стене?» «И он тоже войдет в жизнь и даст жизнь ряду существований, призрачных и ненужных, как сон». Она садится в кресло у окна и думает, думает. Она заламывает в тоске прекрасные белые руки. Мысли ее разбегаются. Она смотрит на свои заломленные руки и начинает соображать, какие из этого могли бы выйти фигуры на тени. Она ловит себя на этом и в испуге вскакивает. — Боже мой! — восклицает она. — Да ведь это — безумие.

XXII

За обедом мама смотрит на Володю. «Он побледнел и похудел с тех пор, как ему попалась эта несчастная книжка. И весь он переменился, — характером и всем. Говорят, характер перед смертью меняется. Что, если он умрет?» «Ах, нет, нет, не дай, Господи!» Ложка задрожала в ее руке. Она подняла к образу боязливые глаза. Володя, да отчего ж ты не доел супа? — испуганно спрашивает она. — Не хочется, мама. — Володя, не капризничай, голубчик, — ведь это же вредно — не есть супу. Володя лениво улыбается и медленно кончает суп. Мама налила ему слишком полную тарелку. Он откидывается на спинку стула и хочет сказать с досады, что суп был невкусен. Но у мамы такое обеспокоенное лицо, что Володя не смеет говорить об этом и бледно улыбается. — Теперь я сыт, — говорит он. — Ах, нет, Володя, сегодня все твое любимое. Володя печально вздыхает: он уже знает, что если мама говорит о его любимых блюдах, то это значит: будет его пичкать. Он догадывается, что и за чаем мама заставит его, как и вчера, есть мясо.

XXIII

Вечером мама говорит Володе: — Володя, милый мой, ты опять увлечешься, — уж лучше ты не затворяй дверей! Володя принимается за уроки. Но ему досадно, что за его спиною открыта дверь и что мама иногда проходит мимо этой двери. — Я так не могу, — кричит он, шумно отодвигая стул, — я не могу ничем заняться, когда дверь настежь. — Володя, зачем же ты кричишь? — ласково укоряет мама. Володя уже раскаивается и плачет. Мама ласкает его и уговаривает: — Ведь я, Володенька, о тебе забочусь, чтобы помочь тебе справиться с твоим увлечением. — Мама, посиди здесь, —

просит Володя. Мама берет книгу и садится у Володина стола. Несколько минут Володя работает спокойно. Но фигура мамы начинает понемногу раздражать его. «Точно над больным!» — злобно думает он. Его мысли перебиваются, он досадливо двигается и кусает губы. Мама наконец замечает это и уходит из комнаты. Но Володя не чувствует облегчения. Он терзается раскаянием, что показал свое нетерпение. Он пробует заниматься, — и не может. Наконец он идет за мамой. — Мама, зачем же ты ушла? — робко спрашивает он.

XXIV

Ночь под праздник. Перед образами теплятся лампады. Поздно и тихо. Мама не спит. В таинственном сумраке спальни она стоит на коленях, молится и плачет, всхлипывая по-детски. Ее косы бегут на белое платье; плечи ее вздрагивают. Умоляющим движением подымает она руки к груди и заплаканными глазами смотрит на икону. Лампада на цепях еле заметно зыблется от ее горячего дыхания. Тени колышутся, толпятся в углах, шевелятся за киотом и лепечут что-то тайное. Безнадежная тоска в их лепете, неизъяснимая грусть в их медленно-зыбких колыханиях. Мать встает, бледная, с широкими, странными глазами, и колеблется на ослабевших ногах. Тихо идет она к Володе. Тени обступают ее, мягко шуршат за ее спиною, ползут у ее ног, падают, легкие, как паутина, к ней на плечи и, заглядывая в ее широкие глаза, лепечут непонятное. Она осторожно подходит к кровати сына. В лучах лампады лицо его бледно. На нем лежат резкие, странные тени. Не слышно дыхания, — он спит так тихо, что маме страшно. Она стоит, окруженная смутными тенями, обвеянная смутными страхами.

XXV

Высокие церковные своды темны и таинственны. Вечерние песни подымаются к этим сводам и звучат там торжественной грустью. Таинственно, строго смотрят темные образа, озаренные желтыми огоньками восковых свечей. Теплое дыхание воска и ладана наполняет воздух величавой печалью. Евгения Степановна поставила свечу перед иконою Богоматери и стала на колени. Но молитва ее рассеянна. Она смотрит на свою свечу. Огонь ее зыблется. Тени от свеч падают на черное платье Евгении Степановны и на пол и отрицательно колышутся. Тени реют по стенам церкви и утопают вверху, в этих темных сводах, где звучат торжественные, печальные песни.

XXVI

Другая ночь. Володя проснулся. Темнота обступила его и беззвучно шевелится. Володя высвободил руки, поднял их и шевелит ими, устремляя на них глаза. В темноте он не видит своих рук, но ему кажется, что темные тени шевелятся перед его глазами... Черные, таинственные, несущие в себе скорбь и лепет одинокой тоски... А маме тоже не спится, — тоска томит ее. Мама зажигает свечу и тихонько идет в комнату сына, взглянуть, как он спит. Неслышно приотворила она дверь и робко взглянула на Володину кровать. Луч желтого света дрогнул на стене, пересекая Володино красное одеяло. Мальчик тянется руками к свету и с бьющимся сердцем следит за тенями. У него даже нет вопроса: откуда свет? Он весь поглощен тенями. Глаза его, прикованные к стене, полны стремительного безумия. Полоса света ширится, тени бегут, угрюмые, сгорбленные, как бесприютные путницы, торопящиеся донести куда-то ветхий скарб, который бременит их плечи. Мама подошла к кровати, дрожа от ужаса, и тихо окликнула сына: — Володя! Володя очнулся. С полминуты глядел он на маму широкими глазами, потом весь затрепетал, соскочил с постели и упал к маминым ногам, обнимая ее колени и рыдая. — Какие сны тебе снятся, Володя! — горестно воскликнула мама.

XXVII

— Володя, — сказала мама за утренним чаем, — так нельзя, голубчик: ты совсем изведешься, если и по ночам будешь ловить тени. Бледный мальчик грустно опустил голову. Губы его нервно вздрагивали. — Знаешь, что мы сделаем? — продолжала мама. — Мы лучше каждый вечер вместе понемножку поиграем тенями, а потом и за уроки присядем. Хорошо? Володя слегка оживился. — Мамочка, ты — милая! — застенчиво сказал он.

XXVIII

На улице Володя себя чувствовал сонно и пугливо. Расстилался туман, было холодно, грустно. Очерки домов в тумане были странны. Угрюмые фигуры людей двигались под туманной дымкой, как зловещие, неприветливые тени. Все было громадно необычайно. Лошадь извозчика, который дремал на перекрестке, казалась из тумана огромным, невиданным зверем. Городовой посмотрел на Володю враждебно. Ворона на низкой крыше пророчила Володе печаль. Но печаль была уже в его сердце, — ему грустно было видеть, как все враждебно ему. Собачонка с облезлой шерстью затявкала на него из подворотни, — и Володя почувствовал странную обиду. И уличные мальчишки, казалось, хотели обидеть и осмеять Володю. В былое время он бы лихо расправился с ними, а теперь боязнь теснилась в его груди и оттягивала вниз обессилевшие руки. Когда Володя вернулся домой, Прасковья отворила ему дверь и посмотрела на него угрюмо и враждебно. Володе сделалось неловко. Он поскорее ушел в комнаты, не решаясь поднять глаз на унылое Прасковьино лицо.

XXIX

Мама сидела у себя одна. Были сумерки, — и было скучно. Где-то мелькнул свет. Володя вбежал, оживленный, веселый, с широкими, немного дикими глазами. — Мама, лампа горит, поиграем немножко. Мама улыбается и идет за Володей. — Мама, я придумал новую фигуру, — взволнованно говорит Володя, устанавливая лампу. — Погляди… Вот видишь? Это степь, покрытая снегом, — и снег идет, метель. Володя поднимает руки и складывает их. По колени в снегу. Трудно идти. Один. Чистое поле. Деревня далеко. Он устал, ему холодно, страшно. Он весь согнулся, — старый такой. Мама поправляет Володины пальцы. — Ах! — в восторге восклицает Володя, — ветер рвет с него шапку, развевает волосы, зарывает его в снег. Сугробы все выше. — Мама, мама, слышишь? — Вьюга. — А он? — Старик? — Слышишь, стонет? — Помогите! Оба бледные, смотрят они на стену. Володины руки колеблются, — старик падает. Мама очнулась первая. — Пора и за дело, — говорит она.

XXX

Утро. Мама дома одна. Погруженная в бессвязные, тоскливые думы, она ходит из комнаты в комнату. На белой двери обрисовалась ее тень, смутная в рассеянных лучах затуманенного солнца. Мама остановилась у двери и подняла руку широким, странным движением. Тень на двери заколебалась и зашептала о чем-то знакомом и грустном. Странная отрада разлилась в душе Евгении Степановны, и она двигала обеими руками, стоя перед дверью, улыбалась дикой улыбкой и следила мелькание тени. Послышались Прасковьины шаги, и Евгения Степановна вспомнила, что она делает нелепое. Опять ей страшно и тоскливо. «Надо переменить место, — думает она. — Уехать куда-нибудь подальше, где будет новое». «Бежать отсюда, бежать!» И вдруг вспоминаются ей Володины слова: — И там будет стена. Везде стена. «Некуда бежать!» И в отчаянии она ломает бледные, прекрасные руки.

XXXI

Вечер. В Володиной комнате на полу горит лампа. За нею у стены на полу сидят мама и Володя. Они смотрят на стену и делают руками странные движения. По стене бегут и зыблются тени. Володя и мама понимают их. Они улыбаются грустно и говорят друг другу что-то томительное и невозможное. Лица их мирны, и грезы их ясны, — их радость безнадежно печальна, и дико радостна их печаль. В глазах их светится безумие, блаженное безумие. Над ними опускается ночь.

Земле земное

I

Сашу Кораблева, ученика городского училища, перевели в следующий класс без экзамена, и даже с похвальным листом. Это его, конечно, обрадовало. И все остальное в его жизни было в это время хорошо. Не было никакой причины грустить. И о чем грустить?

Он жил со своим отцом, — мать умерла давно, он ее мало помнил. Жил он на своей родине, в отцовом доме, в небольшом городке, на окраине. Здесь Саша и родился. Дом небольшой, с огородом и садом, где много ягодных кустов и фруктовых деревьев. Недалеко, через реку, поля и лес. Отец не богат, но в доме достаток: отец частный поверенный, дела есть, и есть скопленный для чего-то запас денег.

В жизни все было хорошо, — и солнце радовало, и зелень манила, — а собою Саша все чаще бывал недоволен. Почему, — он не знал, не мог понять, и все чаще томился.

И чем это началось? Кажется, сущими пустяками.

Отец не пошел на училищный акт, где Сашу наградили, — пришлось идти в суд. Саша нес домой свой похвальный лист, очень торопился, чувствовал себя счастливым победителем, и ему так хотелось, чтобы отец был дома.

Оказалось, что отец уже вернулся из суда. Он сидел на балконе, курил папиросу и задумчиво смотрел через золотые очки куда-то вдаль, откуда приходят смутные и неуловимые мысли. Он услышал на дорожках в саду Сашины шаги, почему-то припомнил вдруг свою ссору с одним из Сашиных учителей и стал ждать, что скажет Саша, — отомстили ему учителя или нет. И сейчас же опять подумал, что это — вздор, что учителя не решатся мстить сыну за отца: и совестно, и побоятся, что отец, как законник, затеет кляузу, станет жаловаться. Ему стало неловко и досадно. А уже Саша бежал к нему, румяный, веселый, и махал свернутым в трубочку похвальным листом.

Саша взбежал по ступенькам на балкон и крикнул звонко:

— С похвальным листом!

И его веселый крик нарушил привычную в этом доме тишину. Саша горел восторгом. От его звонкого голоса у отца сильнее заболела голова, но и теперь, как всегда, он скрыл это.

— Покажи, покажи, — ласково сказал он, медленными, как бы утомленными движениями поглаживая рыжую бороду. Легкая усмешка едва обозначилась под его густыми, червонными усами.

Саша ловким движением проворных рук развернул лист, который при этом шуршал, словно сделанный из тонкого железа.

— Всё пятки, даже четверок мало, — радостно говорил Саша.

— Молодец, отличился на славу, — сказал отец, устало и задумчиво рассматривая отметки.

— Что ж, ведь я все знаю, что проходили, — так же радостно, но уже не так громко сказал Саша.

Что-то в отцовых словах и в отцовом лице уже начинало охлаждать его, а что именно, еще он не осмыслил.

— Что ж, на стенку повесишь? — спросил отец.

Саша засмеялся, но как-то неуверенно.

— Зачем на стенку! — смущенно сказал он, — уберу в сундучок.

— А никто и не увидит, — посмеиваясь говорил отец.

— Ну вот, покажу, кому надо.

— Как не показать, — люди похвалят, — сказал отец тихо.

— А ты? — спросил мальчик.

— За показ-то?

— Да нет.

Отец обнял сына за плечи и поцеловал его в щеку.

— Славный ты у меня, — сказал он.

Нежная ласка звучала в его голосе. Саша почувствовал, как минутная неуверенность проходит быстро и как будто бесследно, — ему опять становилось радостно, и он весело засмеялся, беспричинно, неудержимо.

Отец смотрел на него, легонько улыбаясь, но мысли его были почему-то нерадостны.

Здоровый и веселый мальчик, Саша иногда казался недолговечным, — не жилец на белом свете, как говорят в народе. Что-то темное и вечно нерадостное в Сашиных глазах наводило иногда отца на грустные мысли. И когда он смотрел печально вдаль, перед ним возникала иногда в воображении, рядом с жениной могилой, другая, свежая насыпь.

II

За день Саша набегался, наигрался. Пришел вечер. Заря играла на небе и, утомленная, радостно умирала. Саша сидел на скамеечке в своем саду, усталый, смотрел на румяные заревые улыбки, на струйки, целовавшие речной берег, на синие кисти мышиного горошка, прижавшегося к забору, — и припоминал утро и свое торжество. Ему и не трудно было отличиться, — совсем почти без труда все давалось, и времени мало уходило на приготовление уроков, так что Саша успел за свою короткую пока жизнь, и кроме учебников, прочитать много всяких книжек.

На похвальном листе надпись: «За отличные успехи и благонравие». Странное слово — благонравие.

«Значит, — думал Саша, — у меня благой, добрый нрав, то есть я — хороший мальчик».

Саша улыбался, но ему стало стыдно и неловко, что он признан благонравным.

А вдруг бы давали похвальные листы за честность, за доброту!

Нельзя. Честность бескорыстна. Если за добро — награда, то уж что это за добро.

А как же рай? Ведь это — награда. В раю будет приятно. А грешников праведники не пожалеют? Но ведь грешники завоют в огне. Только знать это, — и можно ли блаженствовать?

А ведь вот он, Саша, блаженствует, а грешники-то, оставленные на второй год? Иные тоже воют: дома побили, и больно, и стыдно.

Саша смотрел в сгущающуюся темноту. Было тихо, и все имело такое выражение, точно сейчас придет кто-то и что-то скажет. Но никого не было. Только влажные ветки, шелестя, вздрагивали, да ночная птица далеко, из-за леса, кричала о чем-то своем, лесном и жадном.

И стало уже так, словно все предметы закрыли глаза и успокоились. Только небо смотрело неотступно и пристально. Но оно было далекое, и не слышно было от этих звезд ни единого звука.

Саша тихо пошел домой, горячими щеками задевая влажные ветки на кустарниках. Как-то странно и томительно горело его сердце.

III

Уже стало темно. В Сашиной спальне копошилась Лепестинья, — постлала Саше постель, прибирала что-то. Она была старая-престарая, согбенная и морщинистая, никогда не улыбалась и всегда понимала, что думал Саша, хотя бы он и не сумел ей хорошо сказать о том. Недаром она вынянчила его. Ее движения были тихи, поступь бесшумна.

Саша раздевался.

— Помолись, Саша, — сказала Лепестинья.

— Да я не знаю, Лепестиньюшка, о чем молиться, — лениво ответил Саша.

Ему хотелось спать, и не было никаких земных мыслей и желаний.

— За отца помолись, за себя, — говорила Лепестинья неторопливо и шамкая.

— А чего молиться? — спросил Саша.

— Да уж Бог сам знает. Ты только стань к нему, Он сам к тебе приклонится.

Саша стал на колени перед образом. Слова из молитв не вспоминались, и ничего не хотелось просить, — но он чувствовал в себе что-то нежное и отдающееся, и ему казалось, что бессловная и бездумная молитва рождалась в его растроганной душе.

Что-то вдруг развлекло, — шум какой-то, — ветер повеял, и ветка задела за стекло в открытом окне. Молитвенное настроение вдруг исчезло, — но жаль было его. Саша стал повторять молитвы на память, — но от этого повторения чужих и заученных для классной отметки слов стало неловко и совестно. Он перекрестился и поднялся.

Скоро он улегся — и вдруг почувствовал, что не хочется спать. Лепестинья собралась уходить. Он окликнул ее.

— Что ты, касатик? — прошамкала старуха, остановясь на пороге.

Саша заговорил тихонько и нежно:

— Скажи, Лепестинья, отчего это звезды смотрят на землю, да таково-то печально.

Лепестинья подошла к окну и посмотрела на темное небо и на ясные звезды.

— Звезды смотрят? — раздумчиво повторила она. — Бог, видно, так им дал. Смотрят, — а ты не смотри, спи себе.

— Я бы, Лепестиньюшка, не смотрел, — глаза сами смотрят.

Лепестинья приблизилась к Саше и, подперши рукою щеку, тихонько проговорила, любовно глядя на него:

— Спи, батюшка, спи с Богом. Закройся, глазок, закройся, другой.

Саша, улыбаясь, закрыл сперва один глаз, потом и другой. Но Лепестинья ушла, а глаза у Саши открылись и упрямо хотели глядеть в темноту, которая обступала со всех сторон и словно таила что-то, чего никакими глазами не высмотришь, — а уж Сашины ли глаза не зорки!

И отчего в этой темноте и в этой тишине так много звуков, тихих, еле слышных, но ясных? Откуда они?

Саша долго смотрел в темноту. Мысли его были смутные и неопределенные. Уже совсем рассветало, когда он, незаметно для себя, заснул, истомленный бессонною ночью, напрасными думами.

IV

Лютое солнце стояло в самом притине. Оно, словно громадный свернувшийся огненный змей, казалось, вздрагивало всеми своими тесно-сжатыми кольцами. Саша лежал босой в траве на берегу, под ивой, лицом кверху, раскинув руки, спасаясь в тени от знойной истомы. Рядом с ним валялась камышовая жалея, которую он сам себе сделал.

Жужжали пчелы. С тихим шелестом около веток колебался жаркий воздух. День протекал беспощадный и торжественный. Это яркое великолепие дневное наводило на Сашу тоску, смутную и почти приятную. Чаровала полдневная тишина, — в ее величавом обаянии еще отчетливее и яснее обычного становились для зоркого и чуткого Саши все впечатления — легчайшие звуки, тончайшие переходы в освещении. Когда поднимался легкий ветерок, Саша слышал, как поскрипывала, поворачиваясь на ржавом стержне, вертлявая пренька на крыше — железный ветрочуй-петух.

За рекою раскидывались поля, широкие, замкнутые далекою и непонятною чертою, — и за нею тревожно подозревались новые неведомые дали. Между колосьев по дороге поднимались и плясали иногда серые вихри. В зеленовато-золотистом колыхании колосьев Саша чувствовал соответствие с тем, что двигалось и жило в нем самом земною и мимолетно-зыблемою жизнью. Значительно и строго было выражение полей и всей природы, — хотелось разгадать, чего она хочет и к чему она вся, — но трудно было и думать об этом. Промелькнет неясная мысль, — и погаснет, — и Саша опять в тягостном, томном недоумении. И он думал тогда, что злая и коварная природа какими-то чарами отводит его от познания о своей тайне, чтобы таиться и лукавить по-прежнему. И как рассеять эти чары? Как понять эту чудную и родную жизнь?

Саша повернулся на живот и лег лицом к земле. В траве кишел перед ним целый мир, — былинки жили и дышали, жучки бегали, сверкали разноцветными спинками, шелестели еле слышно. Саша ближе приник к земле, почти прилег к ней ухом. Тихие шорохи доносились до него. Трава вся легонько, по-змеиному, шелестела. От движения испаряющейся влаги шуршал порою оседавший земляной комочек. Какие-то струйки тихо звенели под землею.

Лепестинья пришла погреться на солнце. Кряхтя она опустилась на траву рядом с Сашей. Саша ласково посмотрел на нее черными вопрошающими глазами. Лепестинья захватила горсть земли сухими руками, и уже Саша знал, что сейчас Лепестинья станет любовно растирать землю и тихо забормочет:

— Земля еси и в землю отыдеши.

И Саша легонько улыбался, услышав эти знакомые, страшные кому-то, но не им обоим слова.

— Ох, Сашенька, стара я стала, — сказала старуха, — уж и солнце от меня отвертывается, греть меня, старую, не хочет.

Саша с удивлением, внимательно посмотрел на Лепестинью и сказал нежным, звенящим голосом:

— А вот ко мне, Лепестиньюшка, так все поворачивается, — точно смотрит на меня, — и трава, и кусты, — все, что далеко, что близко, все. Вон там, видишь, на том берегу серый камень, и тот на меня уставился.

— Да тебе примстилось, поди, — опасливо сказала старуха.

— Нет, Лепестиньюшка, — весело ответил Саша, — мне никогда ничего не кажется. А только так все ясно да странно как-то. Так вот и вижу, что хоть глаз там и нет, а смотреть — смотрит.

— Безглазая засматривается, — шамкала старуха. — Поберегайся, голубчик: приглянулся ты ей, курносой.

Она сидела на траве, охватив колени морщинистыми, коричневыми руками. Ее слезящиеся глаза тупо смотрели куда-то прямо и далеко. Дряхлое лицо ее не выражало ни удивления, ни сомнения.

— Ну да, безглазая. Тоже выдумаешь, — тихо сказал Саша и подумал немного. —А почему? — вдруг спросил он.

— Приглянулся-то почему? — переспросила Лепестинья. — Глаза, вишь ты, у тебя, — глаза нехорошие.

— А чем, нянечка, нехорошие? — ласково спросил Саша.

— Глаза-то у тебя смотрят, куда не надо, видят что негоже. Что закрыто, на то негоже смотреть. Курносая не любит, кто за ей подсматривает. Поберегайся, миленький, как бы она тебя не призарила.

— Да разве я за нею, нянечка, подсматриваю? — еще ласковее промолвил Саша, и чистый, как подснежный ручей, голос его звенел нежно и сладко.

— Везде она, голубь мой, все она — и в травке, и в речке, — медленно и уныло говорила старуха. — Ты идешь, — и она тут же ползет, травку сломит, козявку задавит. Негоже смотреть много, не любит она.

— Так как же быть-то, миленькая нянечка, коли глаза сами смотрят? — спросил Саша улыбаясь, глядя на старуху неотступно-вопрошающими глазами.

— Что поделаешь, голубчик. Такие уж, видно, тебе глаза Бог дал, ничего не поделаешь, жаленный, — ты ими и не хочешь, да видишь.

Саша закрыл глаза. Он думал, что умрет скоро и будет лежать в земле и тлеть. Но не страшило его, что лежать ему в родной земле. Он любил землю. Любил уходить подальше в поле, быть в одиночестве, приникнуть к земле, слушать ее шорохи и шепоты. Любил ходить босыми ногами, чтобы чувствовать землю ближе.

Саша сел, взял в руки жалею и принялся дудеть в нее. Полились нежные, жалобные звуки. Рождались грустные, томительные мысли.

Вот пришел товарищ с удочкой. Мальчики побежали к реке, радостно разговаривая о рыбах. Оба они залезли в воду удить, — и холодное плескание о голые колени отогнало непосильные печальные думы.

Река была тихая, вся гладкая да ясная на солнце. Но маленькие струйки тревожно звучали, ударяясь о берег, и рыбки порою тревожно плескались, — а река стремилась медленно и неуклонно. Серовато-зеленый тростник колыхался в воде у берега, и по высоким стеблям его пробегал порою сухой и слабый шум.

Мальчики долго шалили и плескались на реке. Среди веселых забав Саша вдруг приумолк, засмотрелся на воду. Он вышел на берег, присел на камень и сказал медленно и задумчиво:

— Вода-то, — все течет.

— Ну так что ж? — спросил его товарищ, белоголовый мальчуган с пухлым и простодушным лицом.

— Чудно! — сказал Саша.

— Чего чудно? Как же ей не течь, коли она в реке? — ответил белоголовый мальчишка и засмеялся Сашиным словам.

Саша вздохнул, посмотрел на товарища и спросил:

— А ты слыхивал, как трава растет?

Белоголовый мальчишка разинул рот.

— Нет, — отвечал он.

— А говорят, что можно слышать, — сказал Саша.

— Ишь ты!

V

Рано поутру Саша с отцом отправились на мамину могилу. Они тихо разговаривали по дороге, а светлое и равнодушное обливало их солнце еще не жарким светом.

Отец рассказывал о покойнице. Саша любил слушать эти рассказы и смотреть на затуманенное печалью отцово лицо да на его усталые, далеко устремленные глаза.

На кладбище в этот ранний час было хорошо. Посетители еще не пришли. Кладбище дремало, как успокоенная роща в стране безлюдной и мирной. Только птицы чирикали да ветки шептались. Но эти нежные звуки не нарушали светлой тишины.

Саша с отцом сели на зеленую скамеечку перед маминою могилою. Могила зеленела и цвела. Саше стало грустно, что мертвые не встают и не являются. Если бы милая мама пришла! Но нет, — разлука навеки. Напрасно ждать и молиться.

— Знаешь, папа, чего я хотел бы? — тихо спросил Саша.

Отец молча посмотрел на него.

— Мне, знаешь, хотелось бы повидать мамочку, — продолжал Саша. — Право, хоть один бы только раз.

Отец грустно улыбнулся.

— Как же ее увидеть? — спросил он. — Во сне разве.

— Хоть бы только показалась, хоть бы на самую маленькую минутку, — тоскливо говорил Саша.

— Мертвые к нам не ходят, — печально сказал отец. —Да и мы их боимся.

Саша подумал: неужели он испугался бы милой мамочки? Нет, уж если он и чужих покойников не боится, так как же родной-то испугаться.

А ведь в могиле она истлела, и вся теперь черная, мягкая, как земля.

Саша внимательно смотрел перед собою темными и зоркими глазами и не видел ничего, кроме насквозь озаренного воздуха, травы и деревьев, могил и кустов, бесконечного множества листьев, былинок, мошек, всяких предметов, ненужных и докучных. Не было только того, что мило и дорого Сашину сердцу, — не было Сашиной мамочки, молодой и веселой, но навсегда оставившей этот солнечный, яркий и внешний мир.

Отец встал.

— Пора домой, — сказал он.

Саше грустно было оставлять мамину могилу. Все на свете кончается...

VI

Вечером Саша с отцом долго сидели в столовой. Одинаковое настроение, сумеречное, беспричинно печальное, — беспричинно, и потому неотразимо, — осенило их обоих. Оба они смотрели на мамин портрет — большую фотографию на стене. Саша сказал:

— Хоть бы мамочка только мимо прошла, — хоть бы там, за дверьми.

Отец печально посмотрел на Сашу, потом перевел глаза на дверь и сказал:

— Пройди она за тобою, — испугаешься.

Саша оглянулся. Из двери видна была темная прихожая. Никто не стоял там. Саша вздохнул и сказал:

— А ничуть не испугаюсь.

— Уверен? — строго спросил отец.

— Правда, ничуть не испугаюсь, — повторил Саша.

— Не хвались, — сказал отец и замолчал.

Саша задумался. Он не помнил в своей жизни страха. И теперь, как он в уме ни испытывал себя, он не мог допустить, что испугается загробного мамина появления. Но Саше казалось, что отец смотрит на него с неудовольствием, — и Саша старался убедить себя в том, что отец прав: он привык верить отцу. Смелость, которую Саша знал в себе, — не была ли она только боязнью показаться перед людьми трусом? И хотя Саша уверен был в том, что нет в душе его страха, все же он решился испытать себя.

VII

Саша лежал в постели, но не спал, — прислушивался к звукам в доме и ждал. В тихом всегда доме ночные звуки раздавались особенно ясно. За несколько горниц слышались отцовы шаги, потом заскрипела его кровать. Лепестинья ходила, тихонько шлепая туфлями. Беспрестанно возникали и уничтожались какие-то легкие и непонятные шумы. Перед образом слабо мерцал елейник. Тени беззвучно, еле заметные, двигались по стенам.

Наконец и Лепестинья угомонилась. Стало совсем тихо. Ночь, летняя, полупрозрачная, достигла самой темной поры. Саша поднялся с постели, оделся и выскочил из окна в сад. Ночная свежесть охватила его. Обильная роса мочила Сашины ноги. Сразу стало холодно, захотелось вернуться, заснуть. Но Саша пошел вперед. У калитки он немного постоял, подумал, потом решился и вышел на дорогу.

Поля за рекой туманились. Река покрылась легкой дымкой. Дорога была жесткая и влажная.

Мелкие камешки на ней ясно ощущались босыми Сашиными ногами.

Саша спустился к броду. Теплая вода нежно обняла колени. Река, всею шириною, двигалась, и трудно было идти прямо, — ноги стали такими легкими и шаткими, и на каждом шагу вода, ясно и весело звуча, тихонько, но сильно плескалась о колени. Когда Саша подходил к берегу, стало жаль, что вода падает все ниже, что все слабеют ее теплые и нежные прикосновения. Окунуться бы совсем, — славно! Но некогда, — завтра. И Саша вышел на берег.

Саша медленно шел по дороге, вдоль реки, озирался вокруг и ждал, когда будет страшное. Но он чувствовал в себе только ночную истому да любопытство, да ожидающее волнение, вовсе, впрочем, не похожее на страх. Ощущения были бодры, как всегда.

Белая ночь делала все полуявственным: ничего не могла она закрыть от взора, ни близкого, ни дальнего, но и осветить ничего не могла своим небом, бледным, тихим, без луны и без звезд. Мир полуявлялся в дремоте сквозь эту бессильную ночь. Река под легким туманом томилась, и слабо вздыхала в камышах, и слезливо плескалась о песчаный берег.

Здесь, в этом окутанном ночною полупрозрачною тьмою поле было то же, как днем, — так же все было обращено к Саше, все представало перед ним, но не давало знать о том, что есть за этою видимостью. Деревья стояли неподвижные, с длинными и тонкими ветками. В их видимой упругости сказывалась неведомая жизнь, непреклонная воля. Но не понять было, чего же они хотят и как живут.

Дорога, с редкими, тонкими березками по краям, повышалась едва заметно и отдалялась от реки. Земля при дороге, сырая, теплая, ласково прикасалась к Сашиным ногам. Свежий воздух веселым холодом обнимал тело. Широкая Сашина грудь радостно дышала. Радость была в теле, и печаль в душе.

Скоро вдали забелела кладбищенская ограда. То чувство, которое испытывал теперь Саша, все более разочаровывало его. Он ждал страха, да уже и хотел его, что дальше, то сильнее, — и напрасно: страха не было. Светлая ночь молчала, как будто думала о чем-то и, чуждая Саше, не хотела пугать его.

Странно было, что так светло, и безлюдно, и тихо, — ночное чувство, несравнимое ни с чем дневным. Ни тоскливо, ни жутко, — только в душе безмолвный вопрос, безмерное удивление. Влажная трава, бледное небо — все словно ждало чего-то, и утомилось ждать, и дремлет. Неразумная дева, заждавшаяся жениха. И он при дверях, и медлит.

Вот перекресток. Издали, пока другую дорогу заслоняли кусты, можно было думать, что там, за ними что-то есть. Но когда Саша подошел, он увидел, что все пусто, никто не движется ни по той, ни по этой дороге. Ни люди, ни духи не ждут здесь условленных встреч.

Саша стал на перекрестке и крикнул:

— Приди!

Голос его прозвучал звонко и дерзко, — и все вокруг удивительно молчало. И Саша сказал:

— Если ты есть, явись!

Полуявственно и неподвижно лежало близкое и далекое, —

все, обращенное к Саше. И не являлся никто иной.

Саша постоял, посмотрел вокруг в напрасном ожидании и пошел к ограде. Нетерпеливое ожидание страха усиливалось.

Ворота, через которые возили покойников, были совсем такие же, как и в городе, в обыкновенных заборах. Они покойно и бессмысленно показывали Саше свою решетчатую зеленую поверхность.

Саша подошел к калитке и толкнул ее. За нею слабо звякнул замок. Тогда Саша полез через невысокую стену, белую, холодную, и спрыгнул в мягкую траву на кладбище.

За оградою все стало иным, тесным и близким, но столь же простым и загадочным. Кусты темнели. Белая церковь с зеленою кровлею смотрела темными окнами, как незрячими глазами. Саша внимательно прислушивался в тишине, чтобы различить хоть какой-нибудь звук, — но слышал только, как бьется его сердце, как трепещут жилки на висках и у запястий.

И где же страх? Саша проходил между крестами и могилами, между кустами и деревьями. Под землею, он знал, лежали, истлевая, покойники: что ни крест, то внизу, под могильною насыпью, труп, зловонный, отвратительный. Но где же страх?

Все предметы были дивные, как призраки, а призраки не являлись. Неподвижные кресты не таили за собою белых, колеблющихся фигур, простирающих руки.

Потому ли нет страха, что нет призраков?

И почувствовал Саша, что эта немая, загадочная природа была бы для него страшнее замогильных призраков, если бы в нем был страх.

Не думая о том, куда идет, Саша привычною дорогою добрался до маминой могилы. Тишина и тайна осеняли ее. Вот смерть. И что она? Мама лежит, вся истлевшая. Но что же это, и как?

Саша сидел на могиле, неподвижно и грустно, обхватив руками белый крест, прижимаясь к нему щекою. Он терпеливо ждал, маленький, словно потерянный среди крестов и могил. Его лицо бледнело, глаза, темные и печальные, неотступно глядели в прозрачную полутьму...

И он дождался. На неуловимо-краткое время сладостный и нежный восторг овладел им. Настала неизъяснимая полнота в чувствах, словно пришла утешительница и низвела с собою рай. Бледный, с сияющею, радостною улыбкою на губах, Саша еще ближе приник к белому кресту и широкими черными глазами смотрел перед собою, мимо померкшего для него мира.

И отошло это, — и опять надвинулись докучные явления.

Высокая радость забылась, едва отгорев: то было чувство неземное и не для земли. Душа же у человека земная и узкая, и Саша был еще во власти у земли.

Заря занималась. Церковь розовела и погружалась в земной сон, — вечный, непробудный.

Саша встал. Церковь и кресты пошатнулись. Саша понял, что это он сам покачивается от усталости, потому что не спал всю ночь.

VIII

Саша возвращался домой, дивясь и грустя. Глаза тяжелели. Кровь тяжко обращалась в жилах. Земля под ногами лежала холодная и жесткая. Влажный воздух томил своим холодом.

Вода тепло и нежно обняла его ноги, — но уже Саша торопился домой: уже светало быстро.

Саше не хотелось, чтобы его дома увидели, хотя он и не думал таиться. Все равно он сам расскажет отцу, — но только бы теперь не говорить ни с кем и ни о чем.

Ему удалось пробраться незамеченным, прямо в окно, потому что на крыльце уже стояла Лепестинья и молилась на кресты над городскими соборами. В мягком утреннем свете она казалась совсем старою и дряхлою.

— Епистимия — знающая, — вспомнил Саша вычитанное из календаря значение старухиного имени, — а вот не знает, где я ходил всю ночь.

Ему стало весело, что он прячется от Лепестиньи, когда это вовсе не надо, да смешно еще на то, что здесь невольная радость от избегнутых опасностей и страхов овладела им.

Он улегся и скоро заснул. Тревожный сон снился ему. Багровое зарево пылало за окном. Над городом гудел набат. Сначала только и было слышно, что этот жалобный звон да еще тихий и далекий треск, — точно дрова в печке. Потом послышались пугливые голоса, сперва одиночные. Пробегали мимо, кричали что-то. Суматоха поднялась близко, — и вдруг все забегали и закричали, и от этого Саша проснулся. Сердце сильно билось. Но везде было тихо, ясно и светло. Солнце радостно, по-утреннему смотрело в окно.

Саша повернулся к стене, натянул повыше одеяло, чтобы свет не мешал, и сейчас же опять заснул. Снова ему приснилось то же о пожаре. Снова под его окнами забегали и закричали испуганные люди. Саша вскочил, торопливо оделся и побежал на пожар.

Сердце у него торопливо сжималось. Он знал, что надо спешить, спасти кого-то.

Ярко и весело пылал деревянный дом. Кругом суетились люди. Горело красиво и нисколько не страшно. Близко не подойти было, — жарко. Левая половина еще не горела, и там только из-под крыши струйками выбегал черный дым. Бледная женщина рыдала и металась в толпе. В дому остался ее ребенок. Дюжие краснощекие парни равнодушно глядели на несчастную мать. Она кидалась то к одному, то к другому. Бросилась было и к Саше, да увидела, что еще это мальчик, и метнулась дальше. Неясное, но повелительное чувство бросило Сашу вперед. Какие-то доски лежали под ногами, Саша через них перепрыгнул. Вот и крыльцо. Саша с усилием открыл дверь. Его обдало густым дымом.

— Назад, назад! — испуганным голосом кричал ему кто-то с улицы.

Саша прикрыл лицо локтями и бросился в дверь. Струя воды обдала его сзади. Справа и слева, близко, мелькали огненные язычки. Голова кружилась от жары, от дымного воздуха, но Саша чувствовал себя сильным и смелым. Горницы застлал густой дым, — только внизу, около пола, дыма еще было мало. Саша нагибался и касался руками пола, чтобы не задохнуться в дыму.

Вот горница, где посветлее. Дым разорванными клочьями клубился под потолком и вытекал из окна. У стены стояла люлька. В ней спал ребенок. Люлька слегка дымилась откуда-то снизу. На потолке узкою полоскою вспыхнул огонь. Ребенок улыбался во сне. Он был бледен. На его лице лежала серая копоть. Саша выхватил его из люльки, завернул в одеяльце и подбежал с ним к окну. Что-то мешало, — какие-то доски и бревна наклонялись сверху и с боков, — дым, вытекавший на улицу, не давал ничего видеть из окна. Саша просунул ребенка в узкое отверстие и бросил его на улицу.

«А как же я?» — мелькнула быстрая мысль.

Саша глянул вверх. Пылающая балка свешивалась над окном, обдавала нестерпимым жаром, трещала и сыпала искры. Саша опустил голову. Сердце сжалось. Что-то тяжелое надавило на спину и заставило нагнуться. Лбом Саша больно ударился о подоконник. Дым сгущался, мешал дышать, душил...

Саша проснулся, задыхаясь. Он лежал согнувшись, закрывая голову и рот одеялом, — и от этого так трудно дышалось.

Саша поспешно отбросил одеяло. Дыхание стало свободно, — и Саша обрадовался тому, что теперь легко, что он жив и дома, а не задыхается в горьком дыму.

В памяти ярко повторялся сон и все его волнения. Вдруг Саша вспомнил, что и раньше он не раз мечтал, как спасет ребенка из пожара, и о других подвигах. Сон повторил мечту.

«Во сне только и спасать!» — подумал Саша.

Он лежал на спине, усмехался слегка насмешливо и нежно, прислушивался к тишине и неопределенно ждал чего-то. Длинные, черные ресницы осеняли полузакрытые глаза, — темные, земные. Воспоминания и мечты стали смешиваться в дремоте. Яркие облики проплыли перед глазами, темные, огромные глаза глянули, — закружились, осыпаясь, золотые одуванчики и погасли. Саша опять заснул.

Приснилось, что он в гробу, неподвижный и мертвый. Он погиб на пожаре, — и вот люди вытащили из-под развалин обгорелое тело и хоронили его. Доносилось сладостное пение. Много пришло народу, — Саша слышал это по сдержанному говору, по тихому плачу. Хвалебные слова в толпе радовали Сашу. Особенно хвалили и нежно плакали девушки, и, должно быть, их-то и было больше всех.

Подняли гроб и понесли с плачем и пением. Саша плавно покачивался, как в люльке. Веял легкий ветер. Солнце светило прямо в лицо, грело глаза сквозь сомкнутые веки, но не жгло, — оно было нежное, как будто светило из рая. Приятно и томно было лежа качаться.

Потом Саша увидел себя отдельно, откуда-то сверху. Гроб был маленький и весь осыпан цветами, простыми и милыми, ромашкою, просвирниками, лютиками. Несли, чередуясь, юноши и прекрасные девицы, и толпа теснилась вокруг, мережа нарядными платьями на барышнях. У всех в руках и на одежде были цветы. Отец шел за гробом, поглаживал свою червонную бороду и недоверчиво улыбался, а на глазах его под очками блестели слезинки: одному только Саше сверху они и были видны. Впереди шли певчие, и пели что-то сладостное и печальное, и такое нежное, чего еще никогда на земле не пели, — и от этого из глаз у всех лились невольно слезы.

Саша проснулся в слезах. Солнце сияло прямо в глаза.

Саше стало грустно, — он горько думал, что все люди будут хвалить за такую смерть, и выйдет, как будто для похвал и в огонь пошел. Он лежал и прислушивался к тишине, словно хотелось каких-то утешающих и спокойных звуков. И далекие звуки донеслись до него от земной жизни, — грубые телесные звуки.

IX

И вот в Сашу словно вселился буйный дух, внушавший ему злые и бессмысленные шалости.

То он переставил все часы в доме на час назад, — с обедом запоздали, и отцу пришлось ждать. Лепестинья была смущена. Саша хохотал.

То он приспособил к дверям, на веревке, кувшин с водой, так что кто отворит дверь, на того плеснет вода.

То он взбирался на крышу сарая и с полуторасаженной высоты прыгал на мягкую землю, в густую траву, пугая Лепестинью и отца.

В шалостях, как прежде в работе, Саша был неутомим, настойчив и изобретателен. Самые незначительные предметы в его руках становились орудиями для замысловатых, неожиданных предприятий.

Своих шалостей Саша и не думал скрывать: он спешил рассказывать отцу о каждой проказе, — и при этом раскаивался и досадовал на себя.

Но тоскливое беспокойство все сильнее томило его, — и он шалил все больше, словно нарочно, с какою-то ему самому не вполне ясною целью. Может быть, хотелось довести отца до того, чтобы рассердился и выразил свой гнев в чем-нибудь сильном, страшном, невыносимом. Но отец только хмурился да побранивал Сашу полусердито, полунасмешливо.

Иногда Лепестинья усовещивала Сашу. Она говорила:

— Смотри, отбойный, — отец терпит, терпит, да как рассердится, да так-то больно выстегает.

— А и пусть, — спокойно отвечал Саша.

— То-то вот, — говорила Лепестинья, — а станет стегать, завопишь истошным голосом.

— Ну так что ж? — спрашивал Саша.

— Да ничего, егозенок, — покричишь, да такой же будешь. Ты у отца единец, то-то он тебя и балует. А ты все же свою совесть знай. На-тко поди-тко, ни стыда, ни страха.

— Что ж мне делать? — спрашивал Саша и смутно надеялся, что услышит какое-нибудь решающее и мудрое слово. А Лепестинья говорила:

— Молись: избави нас от лукавого. А то что хорошего: отец молиться не умеет, да и тебя не выучил. Учены очень стали. Отцу книги читаешь, да не те, слышь.

X

Отца не было дома. Саша набрал на берегу в подол своей белой блузы ворох камешков и принес их в сад. Там, на берегу он бросал их плашмя в воду, — красиво отскакивали. А здесь он швырял ими вдоль дорожек, в кусты, в густолиственный кленовый шатер, в птиц. Потом бросил один камешек в беседку и попал прямо в стекло, — стекло разбилось. Саше полюбился его жидкий звон. Саша побежал к дому и принялся метать камни в окна. Стекла одно за другим разбивались с жидким и веселым звуком, похожим на то, как смеются глупые и радостные дети, — этот звон забавил Сашу и смешил неудержимо. Весело было смотреть на разбитые стекла, да и то радовало, что он тут так хозяйничает, и никто не знает — ни отец, ни Лепестинья. С радостным визгом бегал он по дорожкам. Потом захотелось посмотреть, как это покажется изнутри, — и Саша побежал в дом.

Как всегда, входя в горницы, он затих и перестал визжать, — стены утихомирили. Окна с разбитыми стеклами казались печальными и безобразными. Саша вдруг очнулся, словно его разбудили.

Теперь стало ясно, как бессмысленно и ненужно то, что он сделал. И этот грубый стеклянный звон, — как мог он веселить!

Саша приуныл и тоскуя ходил по горницам. В доме было тихо, как всегда, и от этого жутко. Ворожащий стук от маятника разносился гулко по всему дому. Битые стекла валялись на полу, в окнах зияли звездчатые дыры, по стеклам в уцелевших краях вились синеватые трещины. Так было грустно, хоть на белый свет не гляди. А тут еще старая Лепестинья пришла откуда-то, ходила сзади, и ворчала, и подбирала осколки. Ее голос звучал подобно печальному шелесту в камышах над водою.

Саша тоскливо ждал отца. Наконец отец вернулся. Еще снаружи он заметил разбитые стекла и нахмурился.

Саша, весь красный от стыда, говорил запинаясь:

— Это я побил стекла. Из шалости. Нарочно. Вот, я набрал там, на реке, камешков.

И он подробно рассказал все свое буйство. Его смущенный вид и откровенность тронули отца.

— Как же ты, сынок, так, а? Не годится! — сказал он тихо, взял Сашу за плечи, сам сел на стул, а Сашу поставил между коленами и привычным своим медленным и ясным голосом стал говорить ласково укоризненные слова, поглаживая рукой длинную рыжую бороду.

Саша плакал. Что отец не сердится, а только говорит недовольным и огорченным голосом, это терзало его сердце. Наконец он стал просить:

— Накажи меня построже.

— Как тебя наказать-то? — спросил отец, задумчиво глядя на Сашу.

— Розгами, да побольнее, — сказал Саша и покраснел пуще.

Отец посмотрел на него с удивлением и усмехнулся.

— Право, папа, держал бы ты меня в ежевеньких рукавичках, — говорил Саша плача и смеясь, — а то уж я так расшалюсь, что и на поди.

Отец промолчал, отпустил Сашу и ушел.

Саше стало как-то неловко, что отец даже ничего ему не ответил. Упрямо захотелось поставить на своем.

«Он все прощает, — думал Саша, — но ведь есть что-нибудь, чего и он не простит. Что не прощается?»

XI

Саша долго придумывал, чем, наконец, рассердить отца. Жаль было сделать что-нибудь грубое, чем бы отец был слишком опечален. Саша стал беспокоен, тосковал и метался. Все чаще уходил он в поля, один, подальше от дома, словно ждал, что там найдет решение.

Под солнцем он весь загорел, как цыганенок, я — и лицо, и руки, и ноги.

Все чувства Сашины особенно изощрились за эти дни. Он и раньше был и чуток и зорок.

Ему не случалось заблудиться в лесу или напасть на ложный

след: зоркий глаз его знал приметы, чуткий слух доносил до него тишайшие шорохи и шумы из чащи и от жилья, и легчайшие запахи с полей выводили его на единственно верные тропы. Теперь же больше прежнего полюбил он прислушиваться к тишине в полях. Тонкие звуки, неслышные для обычно грубого человеческого слуха, реяли вокруг него, — и он чутко различал их источники: то бегали жучки по былинкам, то легко трескались, раскрываясь, созревшие в траве крохотные плоды. И над этими звуками еще тончайшие носились, неопределенные колебания — не звуки, а как бы их предчувствия, — то не растут ли травы, не звенят ли подземные струи?

Травы росли, колыхались, тянулись к чему-то бессознательно и неуклонно. Вот скерда, — на сухом песке взошла, и все тянется. Вот шелковисто-серый астрагал с лиловыми цветками лепится на песчаном обрыве. Вот ядовитый вех, томясь на болоте, раскинул свой белый зонтик. Из цветов любее всех стали Саше в эти дни одуванчики, хрупкие да чуткие, как и он. Уже когда созревали их круглые серенькие корзиночки, ему нравилось, лежа в траве, развеивать их, не срывая, легким дыханием, и следить за их неторопливым полетом.

В полдень в полях становилось истомно. Полуденные страхи таились за колосьями, прятались в воде за тростниками, дрожали в серых пыльных вихрях по проселкам, неслышными, прозрачными тенями шныряли над землею, — страхи, понятные Саше, но бессильные над ним. Тоска томила его. Тишина чаровала. Невозмутимое на всем просторе в полях было молчание. Знойным воздухом тяжело и безрадостно дышалось.

Иногда Саша уходил в лес. Это был лес величавый и тихий, как опустелый собор. Пахло смолой, как ладаном. Грудь легко дышала. Сумрак между стройными столпообразными соснами обвеивал душу миром. Бестревожно таил лес неведомые дали.

Но ничего не говорила Саше лесная тишина. Саша уходил из леса недовольный, смутный.

XII

Прошло несколько дней. Однажды утром, когда отец сидел у себя над тяжебным делом, Саша унес из кухни кусок угля и с веселою улыбкою на загорелом лице вошел в гостиную. Там висело на стене, в ореховой рамке, мамино изображение, увеличенное со светописного снимка. Саша взлез на стул и углем начертил по стеклу маме усы. Посмотрел и засмеялся. Мама молодая, веселая, с намазанными усами, точно мальчик, вздумавший пошалить, — и такая милая, и смешная.

Саша побежал к отцу и со смехом привел его в гостиную. Отец угрюмо смотрел на мамино изображение, — и вдруг Саша увидел маму словно иными глазами: усы грубо безобразили ее милое, нежное лицо. Шаловливый задор соскочил с Саши. Он раскаялся и заплакал. И все-таки вместе с раскаянием в нем ликовала радость. По строгому и неподвижному отцову лицу он понял, что отец недоволен и обижен и, пожалуй, способен круто обойтись. Саша сказал плача:

— Видишь, папа, какой я стал. Высеки меня побольнее, — право, давно пора.

— Давно пора, — задумчиво повторил отец.— Ну что же, — сказал он, — беги к березе, наломай для себя розог...

XIII

...Отец бросил на пол прутья, поставил Сашу на ноги и слегка прижал его к себе. Саша тотчас же перестал кричать и уже устыдился своих криков. Боль разом смягчилась. Уже не стало ее невыносимого, буйного нарастания. Саша плакал и стыдливо прижимался к отцову плечу.

«Испытал таки», — торжествуя подумал он, прислушиваясь к жгучим еще болевым ощущениям. Он подумал:

«Проходит боль, — и уже не страшно. Нестерпимая, но проходящая, да она вовсе не страшна», — уже думал Саша.

«А что же я кричал? — спросил он себя и ответил: — Невольно, с непривычки только».

И вот Саша успокоился, перестал шалить. Он испытал и телесные мучения, — но и в них не было побеждающего страха.

XIV

Пришла осень. Начались уроки. В августе и ученики и учителя еще не втянулись в дело, — ученики еле готовили заданное, учителя приходили поздно. Однажды, в свободное время перед уроком, Саша поссорился с Колей Егоровым, задорным шалуном. Началось пустяками. Егоров рассказывал нескольким простодушным мальчуганам, что в пруду на

Опалихе не чисто, живет шишига, и парни ее видели, — страшная. Саша вслушался, засмеялся и спросил:

— Шишига? Что за шишига такая?

Егоров ответил неохотно, уже заранее сердясь на то, что Саша не поверит:

— Такая круглая, толстая, вся слизкая, голова у нее, как у жабы.

— Ну вот, — сказал Саша, — тоже веришь. Никакой шишиги нет.

Егоров совсем рассердился, покраснел и запальчиво закричал:

— Как нет, коли Серега Рахинский да Ванька Большой сами видели! Врать они тебе станут!

— Мне-то не станут, а тебе соврали, — спокойно возразил Саша. — Нет шишиги, — повторил он. — Им показалось, может быть, невесть что, с перепугу, они и говорят зря.

Сашины возражения лишили Егорова уверенности в шишигу. Но из задора он не мог признать себя неправым, — тихие Сашины слова да спокойные Сашины взгляды все больше его раздражали. Он горячо доказывал, что шишига есть, и от злости готов бы начать драку, да боялся ударить Сашу, — знал, что Саша сильнее. Сердито и насмешливо он сказал:

— А увидишь шишигу, сам ужаснешься.

— Чего ужасаться! Да вот и эта стена страшнее шишиги, — ответил Саша, вспоминая, что все на свете одинаково не страшно.

Егоров вспыхнул. Сашины слова показались ему явною издевкою. А Саша словно нарочно дразнил его и сказал со смехом:

— Ах ты, легковерный, — сам-то ты шишига!

Мальчишки засмеялись. Уже этого Егоров не мог стерпеть. Он вдруг подскочил к Саше и со всего размаху ударил его ладонью по щеке. У Саши зазвенело в ушах; перед глазами запрыгали красные искры и зеленые круги.

«Недаром говорят, — быстро подумал он, — что из глаз искры посыпались».

Он неловко стоял, ошеломленный неожиданным ударом. Было больно и стыдно, и унижение от чужой, хотя и случайной, победы горько чувствовалось. Егоров смотрел торжествуя и злорадно улыбался. Мальчишки сочувствовали, как всегда, победителю и начали было дразнить Сашу.

Вдруг они замолчали и разбежались по местам. На пороге показался учитель, гладко подстриженный рыжий молодой человек. Он услышал издали удар, а теперь увидел двух мальчиков в таких положениях, которые его наметанному взгляду сразу показали, в чем дело. Он спросил у Саши:

— Что это, Кораблев? За что он тебя ударил?

Саша молчал и притворно улыбался. На его щеке горели яркие полоски от Колиных пальцев. Товарищи рассказали учителю, как было дело. Учитель посмеиваясь сказал:

— Егоров, ты останься сегодня. Надо тебе замечаньице написать в дневничок, чтобы родители приняли меры к твоему исправлению. Егоров слезливо оправдывался:

— А он зачем меня шишигой назвал! Мне тоже обидно, Василий Григорьевич, — какая же я шишига!

Учитель спокойно возразил:

— А ты рукам воли не давай.

На перемене Егоров то плакал, то жаловался товарищам, что его из-за Кораблева дома высекут, то принимался бранить Сашу, то издевался над ним. Мальчишки дразнили обоих. Но Егорова больше, — уже теперь все же был Сашин верх. Саше было неловко и грустно. Следовало что-то сделать, но что именно? Сам он нисколько не сердился. Хотелось чем-нибудь утешить этого взволнованного, плачущего и сердитого мальчика, — но Саша не знал, чем его можно утешить, и вместе с тем невольно презирал его за эти слезы, за эту робость перед домашней расправой.

XV

Уроки кончились. Молитву прочитали, ученики шумно расходились. Учитель Василий Григорьевич опять пришел в класс и потребовал дневник у Егорова. Егоров плакал и медленно вытаскивал дневник. Саша вдруг подошел к учителю и сказал:

— Василий Григорьевич, простите его, ведь я же на него не сержусь.

— Мало ли что не сердишься, драться в училище нельзя, — наставительно ответил учитель.

— Право, простите, — просил Саша, — мы с ним помиримся. Я его сам обидел, шишигой назвал. Простите.

Учитель, посмеиваясь, сказал:

— Плохо просишь.

Ему было приятно, что его просили о прощении. И приятно было видеть, что наказываемый мальчик плачет, и сознавать, что вот какая у него, учителя, власть. Притом же можно было так легко и правдоподобно оправдывать для себя и для других употребление этой ненужной и жестокой власти тем, что это делается для их же пользы.

Саша настойчиво продолжал просить. Уже он и сам знал, как все его товарищи, что учителям нравятся и слезы, и мольбы мальчишек.

— Плохо просишь, — повторил учитель с вялою усмешечкою. — Поклонись пониже, — сказал он усмехаясь, как будто бы шутя.

— Да я хоть в ноги вам поклонюсь, только простите его, — сказал Саша и вдруг покраснел.

— Ну что ж, поклонись, вот тогда и прощу, — ответил учитель.

Он не верил, что Саша станет ему кланяться. И досадуя на это, уже стал он перелистывать дневник шалуна, отыскивая ту страницу, где следовало написать замечание. Но Саша откинул в сторону свою сумку с книгами и быстро поклонился в ноги учителю, — сперва руками уперся в пыльный пол, потом лбом стукнулся. Ему не было стыдно кланяться, но, подымаясь, он почувствовал, что если учитель все же не простит, то будет уж так досадно. И он настойчиво сказал, глядя на учителя решительными глазами:

— Уж теперь вы его должны простить.

Учитель был удивлен. Неловко посмеиваясь и краснея, он сказал:

— Ну, нечего делать. Обещанное свято.

Он отдал дневник Егорову и сказал:

— Не следовало бы тебя прощать, благодари Кораблева.

Егоров обрадовался. Он глупо улыбался, не зная, как выразить свою радость, и размазывал последние слезы по щекам ладонью. Учитель, смущенно улыбаясь, смотрел на обоих мальчиков и медлил уйти из опустелого класса. В Сашином поступке он чувствовал что-то необычное и не вполне понимал его. Что это, — товарищеская дружба или просто новая шалость?

Саша был весел и бессознательно доволен собою. Егоров, не успевший еще собрать книг, просил его подождать, — им по дороге, — и ласково смотрел на него. Саша вышел в коридор, и ждал там. Учитель подошел к нему и хотел сказать что-нибудь приветливое, да не мог придумать. И он говорил несвязные слова, ласково и неловко.

— Что ж, вы с ним друзья, что так заступаешься, а? — спросил он.

— Друзья, — весело ответил Саша.

— А, друзья, — забияка ведь он? — продолжал учитель тоном вопроса.

— Ничего, — сказал Саша.

— Ну что ж, домой пойдешь, милый? — опять спросил учитель.

— Домой, — так же весело и радостно ответил Саша.

Он улыбаючись смотрел на учителя и ждал от него каких-то добрых и мудрых слов, ждал с простодушною верою, так как он еще воистину был ребенок, и думал, что взрослые знают настоящие добрые и мудрые слова.

А учитель не знал таких слов. И уже совсем больше ничего не придумал он сказать. Он взял Сашу за руку, тихонько пожал ее. Саша смутился, раскраснелся. Учитель неловко отвернулся и отошел в сторону.

И вдруг веселость словно соскочила с Саши. Он почувствовал в душе своей ту же неловкость, как будто заразился ею от учителя. В мыслях и настроениях его опять началась смута.

XVI

Вместе с Егоровым шел Саша по тихим городским улицам домой. Егоров благодарил Сашу искренно и весело.

— Распреотличную бы мне дома порку задали, — говорил он, с уважением глядя на Сашу.

Саше от этого еще томительнее становилось. Егоров все посматривал на него сбоку, словно хотел что-то сказать, да не решался. И Саша понемногу стал ждать, что Егоров сделает что-то настоящее, должное. Наконец Егоров надумался и вдруг спросил:

— Хочешь, я тебе тоже поклонюсь в ноги?

— Не надо, — смущенно сказал Саша.

— А то поклонюсь, — продолжал Егоров, словно торопясь отдать долг. — Хоть сейчас, на улице, право! а?

— Ну вот, говорю, не надо, — досадливо повторил Саша.

Егоров словно успокоился.

— Ну ладно, — сказал он по-прежнему весело, — я тебе

заслужу чем-нибудь. Ты только скажи.

«Вот, — думал Саша, — я кланялся, молил для того, чтобы у него кожа цела осталась, а он меня побережет при случае. И мне же от всего этого польза: учитель похвалил, Егоров стал другом».

И мучило это Сашу, — этот корыстный его подвиг.

Какая грусть! Какие во всем невозможности! Вот в огороде, мимо которого они проходили, молочаи-солнцегляды напрасно тянулись к солнцу, — они были малы и слабы, их подавляли глупые, клонящиеся к земле ромашки.

XVII

В грустном Саша сидел раздумьи под серою ольхою на скамеечке, в низу сада, над самою рекою. За день он набегался, был шумно весел и утомился. Длинные ресницы бросали печальную тень на загорелые Сашины щеки.

Вечер мирно догорал. За рекою лежали тихие дали. Большие босые мальчики опять, как всегда по вечерам, пришли на пустой песчаный берег играть в рюхи и подымать легкую сизую пыль длинными палками.

Здесь, в саду, был дикий, нетронутый уголок. У воды цвела зеленовато-белая развесистая гречиха. Горицвет раскидывал белые полузонтики, и от них к вечеру запахло слабо и нежно. В кустарниках таились ярко-лазоревые колокольчики, безуханные, безмолвные. Дурман высоко подымал крупные белые цветы, надменные, некрасивые и тяжелые. Там, где было сырее, изгибался твердым стеблем паслен с ярко-красными продолговатыми ягодами. Но эти плоды, никому не нужные, и эти поздние цветы не радовали глаз. Усталая природа клонилась к увяданию. Саша чувствовал, что все умрет, что все равно-ненужно, и что так это и должно быть. Покорная грусть овладела его мыслями. Он думал:

«Устанешь, — спать хочешь; а жить устанешь, — умереть захочешь. Вот и ольха устанет стоять, да и свалится».

И явственно пробуждалось в его душевной глубине то истинно-земное, что роднило его с прахом, и от чего страх не имел над ним власти.

Кто-то запел. В тихом воздухе печально звучала заунывная песня. За рекою раздавались эти протяжные звуки, — словно кто-то звал, и печалил, и, лишая воли, требовал чего-то необычайного.

Но неужели суждено человеку не узнать здесь правды? Где-то есть правда, — к чему-то идет все, что есть в мире. И мы идем, — и все проходит, — и мы вечно хотим того, чего нет.

Или надо уйти из жизни, чтобы узнать? Но как и что узнают отшедшие от жизни?

Но, что бы там ни было, как хорошо, что есть она, смерть-освободительница!

И засмотрелся Саша на воду, и думал:

«Если упасть? утонуть? Страшно ли будет тонуть?»

Вода тянула его к себе влажным и пустым запахом. Нисколько не было страшно, и равнодушно думал Саша о возможной смерти. Все равно уже не стало своей воли, и он пойдет куда устремит его первое впечатление.

Он неподвижно смотрел перед собою. Лепестинья подошла сзади. Она глядела на него суровыми глазами. Тихо и сурово сказала она, качая дряхлою головою:

— Что смотришь? Куда смотришь? Опять к ей засматриваешь?

И она пошла мимо, уже не глядела на Сашу, и не жалела его, и не звала. Безучастная и суровая, проходила она мимо.

Легкий холод обвеял Сашу. Весь дрожа, томимый таинственным страхом, он встал и пошел за Лепестиньей, — к жизни земной пошел он, в путь истомный и смертный.

Баранчик

В деревне Хотимирицы на пророка Илию праздновали. Со всей округи сходились и съезжались гости, и ели и пили, и пировали и день, и два, и три, переходя из дома в дом. Хозяйственный мужик Влас готовился загодя, — наварил пива, накупил водки, зарезал барана.

Когда он взял нож и пошел резать барана, его дети, Аниска и Сенька, пошли за ним, стали близко и смотрели. Аниске доходил пятый год, Сеньке начинался четвертый, — все-то им было вновь, все-то их забавляло.

Баран был весь белый, — и волосенки у ребят были белые. Ребята стояли, взявшись за руки, и дивились, и таращили светлые глазенки. Баран заблеял, кровь полилась, красная да широкая, — страсть, как весело!..

Дети, лепеча и толкаясь, мешали отцу. Он прикрикнул на них, — и ребятишки смеючись побежали прочь.

Отец ушел в поле, мать по дому хлопотала, дети играли себе на дворе. И сказала Аниска Сеньке:

— Сенька, а Сенька? Давай играть в баранчика.

Засмеялся Сенька, говорит, — а сам еще и выговорить чисто не умеет:

— Давай, — говорит, — пусть я баранчиком буду.

— Ну, ладно, — говорит Аниска, — ты пусть баранчиком будешь, а я тебя по горлышку ножиком чик-чик.

— А кровь пойдет? — спросил Сенька, — красная, широкая?

— Пойдет, — сказала Аниска.

И оба засмеялись, зарадовались.

— А ножик где мы возьмем? — спросил Сенька.

— Как-никак разживемся, — отвечала Аниска, — у мамки скрадем.

Тихохонько пробрались ребятки в избу, — а матери ни к чему, знай себе дрова в печь накладывает, жарево всякое, да пироги жданые про гостей готовить хочет. Стащили ребята нож, большой, большой, каким хлебы рушат, — а мать и не видит, до ребят ли ей.

Побежали дети во двор, забились в угол.

— Ну, режь скорее, — лепечет Сенька.

Сам заблеял, таково жалобно, словно баранчик, — сам засмеялся, и сестренку насмешил. И взяла его Аниска за плечи, опрокинула на спину, повалила на землю, — все блеял Сенька. Полоснула Аниска ножом по Сенькину горлу. Затрепыхался Сенька, захрипел. Кровь, — широкая, красная, — хлынула на его белую рубашонку и на Анискины руки. Кровь была теплая да липкая, Сенька затих.

— Баранчик, баранчик! — закричала Аниска, и засмеялась. А самой с чего-то холодно стало.

— Ну, вставай, что ли, Сенька! — закричала она, — будет.

Не хотел Сенька вставать, и кровь уже не текла, и слиплись Анискины руки. Сенька лежал, скорчившись, и все молчал, — страшно стало Аниске, побежала она от Сеньки. Шмыгнула в избу, от матери прячется, полезла в печку, — а сердце-то у нее в груди тяжелое. Забралась Аниска в печку на дрова, сидит, молчит, вся дрожит. Страх на нее напал и тоска, и не поймет Аниска, что такое сталось.

Начала мать затоплять печку, — ничего не слышит Аниска, сидит, не подает голосу. Тяжко да быстро бьется маленькое сердце, ничего не видит Аниска тоскливыми глазами. Дрова плохо разгорались, пошел дым, наполнил всю печку, задушил Аниску.

III

И вознеслись к Господним райским вратам Сенькина душа и Анискина душа. Смутились ангелы, и проливали они слезы, светлые, как звезды, и не знали, что им делать. Предстал перед Господом Анискин ангел и с великим сокрушением воззвал:

— Господи, врагу ли отдадим младенца с окровавленными руками?

Искушая ангела, спросил Господь:

— На ком же та невинная кровь?

Отвечал ангел:

— Да будет на мне, Господи.

И сказал ему Господь:

— Проливающее кровь искуплены Моею кровью, и научающие пролитию крови искуплены Мною, и тяжкою скорбию приобщаю людей к искуплению Моему. Тогда впустили ангелы Аниску и Сеньку в обители светозарные и в сады благоуханные, где на тихих травах мерцают медвяные росы и в светлых берегах струятся отрадные воды.

Красота

I

В строгом безмолвии вечереющего дня Елена сидела одна, прямая и неподвижная, положив на колени белые, тонкие руки. Не наклоняя головы, она плакала; крупные, медленные слезы катились по ее лицу, и темные глаза ее слабо мерцали.

Нежно-любимую мать схоронила она сегодня, и так как шумное горе и грубое участие людское были ей противны, то она на похоронах, и раньше, и потом, слушая утешения, воздерживалась от плача. Она осталась, наконец, одна, в своем белом покое, где все девственно-чисто и строго, — и печальные мысли исторгли из ее глаз тихие слезы.

Еленино платье, строгое и черное, лежало на ней печально, — как будто, облекая Елену в день скорби, не могла равнодушная одежда не отражать ее омраченной души. Елена вспоминала покойную мать, — и знала, что прежняя жизнь, мирная, ясная и строгая, умерла навсегда. Прежде чем начнется иное, Елена, холодными слезами и неподвижною грустью, поминала прошлое.

Ее мать умерла еще не старая. Она была прекрасна, как богиня древнего мира. Медленны и величавы были все ее движения. Ее лицо было как бы обвеяно грустными мечтами о чем-то, навеки утраченном, или о чем-то желанном и недостижимом. Уже на нем давно, предвещательница смерти, ложилась темная бледность. Казалось, что великая усталость клонила к успокоению это прекрасное тело. Белые волосы между черными все заметнее становились на ее голове, — и странно было Елене думать, что ее мать скоро будет старухою...

Елена встала, подошла к окну и медленно отодвинула тяжелый занавес, чтобы рассеять сумерки, которых она не любила. Но и оттуда, извне, томил ее взоры серый и тусклый полусвет, — и Елена опять села на свое место, и терпеливо ждала черной ночи, и плакала медленными и холодными слезами.

И наконец настала ночь, в комнату принесли огонь, и Елена снова подошла к окну. Густая темнота окутывала улицу.

Бедные и грубые предметы скучной обычности скрывались в черном покрове ночи, — и было что-то торжественное в этой печальной черноте. Против окна, у которого стояла Елена, слабо виднелся на другой стороне улицы, при свете редких фонарей, маленький кирпично-красный дом кузнеца. Фонари стояли далеко от него, — он казался черным.

Вдруг из раскрытой кузницы к воротам пронеслась медленно громадная красная искра, и мрак вокруг нее словно сгустился, — это кузнец пронес по улице кусок раскаленного железа. Внезапная зажглась радость в Елениной душе и заставила Елену тихо засмеяться, — в просторе безмолвного покоя пронесся звонкий и радостный смех.

И когда прошел кузнец и скрылась красная в черном мраке искра, Елена удивилась своей внезапной радости, и удивилась тому, что она все еще, нежно и трепетно, играет в ее душе. Почему возникает, откуда приходит эта радость, исторгающая из груди смех и зажигающая огни в глазах, которые только что плакали? Не красота ли радует и волнует? И не всякое ли явление красоты радостно?

Мгновенная, пронеслась она во мраке, рожденная от грубого вещества, и погасла, как и надлежит являться и проходить красоте, радуя и не насыщая взоров своим ярким и преходящим блеском...

Елена вышла в неосвещенный зал, где слабо пахло жасмином и ванилью, и открыла рояль; торжественные и простые мелодии полились из-под ее пальцев, и ее руки медленно двигались по белым и черным клавишам.

II

Елена любила быть одна, среди прекрасных вещей в своих комнатах, в убранстве которых преобладал белый цвет, в воздухе носились легкие и слабые благоухания и мечталось о красоте так легко и радостно. Все благоухало здесь едва различимыми ароматами: Еленины одежды пахли розами и фиалками, драпировки — белыми акациями; цветущие гиацинты разливали свои сладкие и томные запахи. Было много книг, — Елена читала много, но только избранные и строгие творения.

С людьми Елене было тягостно, — люди говорят неправду, льстят, волнуются, выражают свои чувства преувеличенным и неприятным способом. В людях много нелепого и смешного:

они подчиняются моде, употребляют зачем-то иностранные слова, имеют суетные желания. Елена была сдержанна с людьми и не могла полюбить ни одного из тех, кого встречала. Одна только была, которая стоила любви, мать, — потому что она была спокойная, прекрасная и правдивая. Елена хотела бы, чтобы и все люди стали когда-нибудь такими же, чтобы они поняли, что одна есть цель в жизни — красота, и устроили себе жизнь достойную и мудрую...

Горели лампы, — их свет разливался неподвижно-ясно и бело. Пахло розою и миндалем. Елена была одна. Она замкнула на ключ дверь, зажгла перед зеркалом свечи и медленно обнажила свое прекрасное тело.

Вся белая и спокойная, стояла она перед зеркалом и смотрела на свое отражение. Отсветы от ламп и от свеч пробегали по ее коже и радовали Елену. Нежная, как едва раскрывшаяся лилия с мягкими, еще примятыми листочками, стояла она, и безгрешная алость разливалась по ее девственному телу. Казалось, что сладкий и горький миндальный запах, веющий в воздухе, исходит от ее нагого тела. Сладостное волнение томило ее, и ни одна нечистая мысль не возмущала ее девственного воображения. И нежные грезились ей, и безгрешные поцелуи, тихие, как прикосновения полуденного ветра, и радостные, как мечты о блаженстве.

Радостна была для Елены обнаженная красота ее нежного тела, — Елена смеялась, и тихий смех ее звучал в торжественной тишине ее невозмутимого покоя.

Елена легла грудью на ковер и вдыхала слабый запах резеды. Здесь, внизу, откуда странно было смотреть на нижние части предметов, ей стало еще веселее и радостнее. Как маленькая девочка, смеялась она, перекатываясь по мягкому ковру.

III

Много дней подряд, каждый вечер, любовалась Елена перед зеркалом своею красотою, — и это не утомляло ее. Все было бело в ее горнице, — и среди этой белизны мерцали алые и желтые тоны ее тела, напоминая нежнейшие оттенки перламутра и жемчуга.

Елена поднимала руки над головой и, приподнимаясь, вытягивалась, изгибалась и колебалась на напряженных ногах. Нежная гибкость ее тела веселила ее. Ей радостно было смотреть, как упруго напрягались под нежною кожею сильные мускулы прекрасных ног.

Она двигалась по комнате, нагая, и стояла, и лежала, и все ее положения, и все медленные движения ее были прекрасны. И она радовалась своей красоте, и проводила, обнаженная, долгие часы, — то мечтая и любуясь собою, то прочитывая страницы прекрасных и строгих поэтов...

В чеканной серебряной амфоре белела благоуханная жидкость: Елена соединила в амфоре ароматы и молоко. Елена медленно подняла чашу и наклонила ее над своею высокою грудью. Белые, пахучие капли тихо падали на алую, вздрагивающую от их прикосновения, кожу. Запахло сладостно ландышами и яблоками. Благоухания обняли Елену легким и нежным облаком...

Елена распустила длинные, черные волосы и осыпала их красными маками. Потом белая вязь цветов поясом охватила ее гибкий стан и ласкала ее кожу. И прекрасны были благоуханные эти цветы на обнаженной красоте ее благоуханного тела.

Потом она сняла с себя цветы и опять собрала волосы высоким узлом, облекла свое тело тонкою одеждою и застегнула ее на левом плече золотою пряжкою. Сама она сделала для себя эту одежду из тонкого полотна, так что никто еще не видел ее.

Елена легла на низкое ложе, и сладостные мечтания проносились в ее голове, — мечтания о безгрешных ласках, о невинных поцелуях, о нестыдливых хороводах на орошенных сладостною росою лугах, под ясными небесами, где сияет кроткое и благостное светило.

Она глядела на свои обнаженные ноги, — волнистые линии голеней и бедер мягко выбегали из-под складок короткого платья. Желтоватые и алые нежные тоны на коже рядом с однообразною желтоватою белизною полотна радовали ее взоры. Выдающиеся края косточек на коленях и стопах и ямочки рядом с ними, — все осматривала Елена любовно и радостно и осязала руками, — и это доставляло ей новое наслаждение.

IV

Однажды вечером Елена забыла запереть дверь перед тем, как раздеться. Обнаженная, стояла она перед зеркалом, подняв руки над головою.

Вдруг приотворилась дверь. В узком отверстии показалась голова, — это заглянула горничная Макрина, смазливая девица с услужливо-лукавым выражением на румяном лице. Елена увидела ее в зеркале. Это было так неожиданно, — Елена не сообразила, что ей сделать или сказать, и стояла неподвижно. Макрина скрылась сейчас же, так же бесшумно, как и появилась. Можно было подумать, что она и не подходила к двери, что это только так привиделось.

Елене стало досадно и стыдно. Хотя она едва только успела бросить взгляд на Макрину, но уже ей казалось, что она видела промелькнувшую на Макринином лице нечистую улыбку. Елена поспешно подошла к двери и заперла ее на ключ. Потом она легла на низком и мягком ложе и думала печально и смутно…

Досадные подозрения раскрывались в ней…

Что скажет о ней Макрина? Теперь она, конечно, пошла в людскую и там рассказывает кухарке шепотом, с гадким смехом. Волна стыдливого ужаса пробежала по Елене. Ей вспомнилась кухарка Маланья — румяная, молодая бабенка, веселая, с лукавым смешком…

Что же теперь говорит Макрина? Елене казалось, что кто-то шепчет ей в уши Макринины слова:

— И вижу это я сквозь щелку, — стоит барышня перед зеркалом в чем мать родила, — вся как есть совсем выпялимшись.

— Да что ты! — восклицает Маланья.

— Вот ей-Богу! — говорит Макрина, — вся голая, и фигуряет, — и фигуряет, — и этак-то повернется, и так-то…

Макрина топчется на месте, представляя барышню, и обе хохочут. Циничные, грубые слова звучали с беспощадно-гнусною ясностью; от этих слов и от грубого смеха горничной и кухарки Еленино лицо покрылось жгучим румянцем стыда и обиды.

Она чувствовала стыд во всем теле, — он разливался пламенем, как снедающая тело болезнь. Долго Елена лежала неподвижная, в каком-то странном и тупом недоумении, потом стала медленно одеваться, хмуря брови, как бы стараясь решить какой-то трудный вопрос, и внимательно рассматривая себя в зеркале.

V

В следующие за тем дни Макрина держала себя так, как будто она тогда и не видела ничего, и даже не приходила, — и это ее притворство раздражало Елену. И потому уже все в Макрине, что было и раньше, но чего Елена не замечала, теперь стало ей противно. Неприятно было одеваться и раздеваться при Макрине, принимать ее услуги, слушать ее льстивые слова, которые прежде терялись в лепечущих звуках водяных струек, плещущих об Еленино тело, а теперь поражали слух.

И в первый же раз, когда Макрина заговорила по-прежнему, Елена вслушалась в ее слова и дала волю своему раздражению.

Утром, когда Елена входила в ванну, Макрина, поддерживая ее под локоть, сказала со льстивою улыбкою:

— В такую милочку, как вы, кто не влюбится! Разве у кого глаз нет, тот только не заметит. Что за ручки, что за ножки!

Елена покраснела.

— Пожалуйста, перестаньте, — резко сказала она.

Макрина взглянула на нее с удивлением, опустила глаза и потом — или это только показалось Елене? — легонько усмехнулась. И эта усмешка еще более раздражила Елену, — но уже она овладела собою и промолчала...

Упрямо, без прежнего радования, с какими-то злыми думами и опасениями Елена продолжала каждый день обнажать свое прекрасное тело и смотреть на себя в зеркало. Она делала это даже чаще, чем прежде, не только вечером, при свете ламп, но и днем, опустив занавесы. Теперь она уже не забывала опускать портьеры, чтобы не подсматривали и не подслушивали ее снаружи, и при этом стыд делал все ее движения неловкими.

Уже и не таким, как прежде, прекрасным казалось теперь Елене ее тело. Она в этом теле находила недостатки, — старательно отыскивала их. Чудилось в нем нечто отвратительное, — зло, разъедающее и позорящее красоту, как бы налет какой-то, паутина или слизь, которая противна и которую никак не стряхнуть.

Елене часто казалось, что на ее обнаженном теле тяжко лежат чьи-то чужие и страшные взоры. Хотя никто не смотрел на нее, но ей казалось, что вся комната на нее смотрит, и от этого делалось стыдно и жутко.

Было ли это днем, — Елене казалось, что свет бесстыден и

заглядывает в щели из-за занавеса острыми лучами и смеется. Вечером — безокие тени из углов смотрели на нее и зыбко двигались, и эти их движения, которые производились трепетавшим светом свеч, казались Елене беззвучным смехом над нею. Страшно было думать об этом беззвучном смехе, и напрасно убеждала себя Елена, что это обыкновенные, неживые и незначительные тени, — их вздрагивание намекало на чуждую, недолжную, издевающуюся жизнь.

Иногда внезапно возникало в воображении чье-то лицо, обрюзглое, жирное, с гнилыми зубами, — и это лицо похотливо смотрело на нее маленькими, отвратительными глазами.

И на своем лице Елена порою видела в зеркале что-то нечистое и противное и не могла понять, что это.

Долго думала она об этом и чувствовала, что это не показалось ей, что это в ней родилось что-то скверное, в тайниках ее опечаленной души, меж тем как в теле ее, обнаженном и белом, подымалась все выше горячая волна трепетных и страстных волнений.

Ужас и отвращение томили ее.

И поняла Елена, что невозможно ей жить со всем этим темным на душе. Она думала:

«Можно ли жить, когда есть грубые и грязные мысли? Пусть они и не мои, не во мне зародились, — но разве не моими стали эти мысли, как только я узнала их? И не все ли на свете мое, и не все ли связано неразрывными связями?»

VI

В гостиной у Елены сидел Ресницын, молодой человек, по-модному одетый, несколько вялый, но совершенно влюбленный в себя и уверенный в своих достоинствах. Его любезности сегодня не имели никакого успеха у Елены, как и раньше, впрочем. Но прежде она выслушивала его с тою общею и безличною благосклонностью, которая привычна для людей так называемого «хорошего общества». Теперь же она была холодна и молчалива.

Ресницын чувствовал себя выбитым из колеи, а потому сердился и нервно играл моноклем. Он не прочь был бы назвать Елену невестою, и ее холодность казалась ему грубостью. А Елену более, чем когда-либо прежде, утомляло в его разговоре легкомысленное порхание с предмета на предмет. Она сама говорила всегда сжато и точно, и всякое многоречие людское было ей тягостно. Но люди почти все таковы, — распущенные, беспорядочные.

Елена спокойно и внимательно смотрела на Ресницына, как бы находя в нем какое-то печальное соответствие своим горьким мыслям. Неожиданно для него она спросила:

— Вы любите людей?

Ресницын усмехнулся небрежно, с видом умственного превосходства, и сказал:

— Я сам — человек.

— Да себя-то вы любите? — опять спросила Елена.

Он пожал своими узенькими плечами, саркастически усмехнулся и сказал притворно-вежливым тоном:

— Люди вам не угодили? Чем, позвольте спросить?

Видно было, что он чувствует себя оскорбленным за людей тем, что Елена допускает возможность и не любить их.

— Разве можно любить людей? — спросила Елена.

— Почему же нельзя? — изумленно переспросил он.

— Они сами себя не любят, — холодно говорила Елена, — да и не за что. Они не понимают того, что одно достойно любви, — не понимают красоты. О красоте у них пошлые мысли, такие пошлые, что становится стыдно, что родилась на этой земли. Не хочется жить здесь.

— Однако же вы живете здесь! — сказал Ресницын.

— Где же мне жить! — холодно промолвила Елена.

— Где же люди лучше? — спросил Ресницын.

— Да они везде одинаковы, — ответила Елена, и легкая презрительная усмешка мелькнула на ее губах.

Ресницын не понимал. Разговор этот стеснял его, казался ему неприличным и странным. Он поспешил распрощаться и уйти.

VII

Вечерело. Елена была одна.

В тихом воздухе ее покоя ванильный запах гелиотропа не смешивался с медовым ароматом черемухи и со сладкими благоуханиями роз и побеждал их.

«Построить жизнь по идеалам добра и красоты! С этими людьми и с этим телом! — горько думала Елена. — Невозможно! Как замкнуться от людской пошлости, как уберечься от людей! Мы все вместе живем, и как бы одна душа томится во всем многоликом человечестве. Мир весь во мне. Но страшно, что он таков, каков он есть, — и как только его поймешь, так и увидишь, что он не должен быть, потому что он лежит в пороке и во зле. Надо обречь его на казнь, — и себя с ним».

Тоскующие Еленины глаза остановились на блестящем предмете, красивой игрушке, брошенной на стол.

«Как это просто! — подумала она. — Вот, довольно хоть бы этого ножа».

Тонкий позолоченный кинжал, из тех, которые иногда употребляются для разрезывания книг, с украшенною искусной резьбою рукоятью и с обоюдоострым лезвием, лежал на ее письменном столе. Елена взяла его в руки и долго любовалась им. Она купила его недавно, не потому, что он был ей нужен, — нет, ее взоры привлек странный, запутанный узор резьбы на рукояти.

«Прекрасное орудие смерти», — подумала она, и улыбнулась. Улыбка ее была спокойная и радостная, и мысли в голове у ней проходили ясные и холодные.

Она встала, — и кинжал блестел в ее опущенной обнаженной руке, на складках ее зеленовато-желтого платья. Она ушла в свою опочивальню и на подушках, лезвием к изголовью, положила кинжал. Потом надела она белое платье, от которого томно и сладостно пахло розами, опять взяла кинжал и легла с ним на постель поверх белого одеяла. Ее белые башмаки упирались в подножие кровати. Она полежала несколько минут неподвижно, с закрытыми глазами, прислушиваясь к тихому голосу своих мыслей. Все в ней было ясно и спокойно, и только темное томило ее презрение к миру и к здешней жизни.

И вот, — как будто кто-то повелительно сказал ей, что настал ее час. Медленно и сильно вонзила она в грудь — прямо против ровно бившегося сердца, кинжал до самой рукояти, — и тихо умерла. Бледная рука разжалась и упала на грудь, рядом с рукоятью кинжала.

Мухомор в начальниках

Жил на свете мухомор.

Он был хитрый и знал, как устроиться получше: поступил в чиновники, служил долго и сделался начальником.

Люди не знали, что он не человек, а просто старый гриб, да и то поганый, но должны были его слушаться.

Мухомор ворчал, брюзжал, злился, брызгал слюною и портил все бумаги.

Вот один раз случилось, когда мухомор выходил из своей кареты, подбежал к тому месту босой мальчишка и закричал:

— Батюшки, какой большой мухомор, да какой поганый!

Городовой хотел дать ему подзатыльника, да промахнулся.

А босой мальчишка схватил мухомора и так швырнул его в стену, что мухомор тут и рассыпался.

Босого мальчишку высекли — нельзя же прощать такие шалости — а только все в том городе были очень рады.

И даже один глупый человек дал босому мальчишке на пряники.

Два стекла

Жил на свете мухомор.

Он был хитрый и знал, как устроиться получше: поступил в чиновники, служил долго и сделался начальником.

Люди не знали, что он не человек, а просто старый гриб, да и то поганый, но должны были его слушаться.

Мухомор ворчал, брюзжал, злился, брызгал слюною и портил все бумаги.

Вот один раз случилось, когда мухомор выходил из своей кареты, подбежал к тому месту босой мальчишка и закричал:

— Батюшки, какой большой мухомор, да какой поганый!

Городовой хотел дать ему подзатыльника, да промахнулся.

А босой мальчишка схватил мухомора и так швырнул его в стену, что мухомор тут и рассыпался.

Босого мальчишку высекли — нельзя же прощать такие шалости — а только все в том городе были очень рады.

И даже один глупый человек дал босому мальчишке на пряники.

Благоуханное имя

Когда одна девочка была больна, то Бог велел ангелу идти и плясать перед нею, чтобы забавить ее. Ангел подумал, что неприлично ангелам плясать перед людьми.

И в ту же минуту Бог узнал, что он думает, и наказал ангела, — и ангел стал маленькой девочкою, только что родившеюся царевною, и забыл про небо, и про все, что было, и забыл даже свое имя.

А имя у ангела было благоуханное и чистое — у людей не бывает таких имен. И положили на бедного ангела тяжелое человеческое имя, — и стали звать царевну Маргаритою.

Царевна выросла.

Но она часто задумывалась — ей хотелось вспомнить что-то, и она не знала, что, и ей было тоскливо и скучно.

И однажды она спросила у своего отца:

— Отчего солнце светит молча?

Отец засмеялся и ничего не ответил ей.

И опечалилась царевна.

Другой раз она сказала матери:

— Сладко пахнут розы, отчего же запаха не видно?

И засмеялась мать, и опечалилась царевна.

И спросила она у своей няньки:

— Отчего не пахнут ничем имена?

И засмеялась старая, и опечалилась царевна.

Стали говорить в той стране, что у царя дочка растет глупая.

И было много заботы царю, сделать так, чтобы царевна была как все.

Но она все задумывалась и спрашивала о ненужном и странном.

И бледнела и чахла царевна, и стали говорить, что некрасивая она.

Приезжали молодые принцы, но поговорят с нею, и не хотят брать ее в жены.

Приехал принц Максимилиан. Сказала ему царевна:

— У людей все отдельно: слова только звучат, и цветы только пахнут — и все так. Скучно мне.

— Чего же ты хочешь? — спросил Максимилиан.

Задумалась царевна, и долго думала, и сказала:

— Я хочу, чтобы у меня было благоуханное имя.

Максимилиан сказал ей:

— Ты стоишь того, чтобы носить благоуханное имя, и нехорошо, что ты Маргарита, — но у людей нет для тебя имени.

И заплакала царевна. И пожалел ее Максимилиан, и полюбил ее больше всего на свете.

И он сказал ей:

— Не плачь, я найду то, чего ты хочешь.

Улыбнулась царевна и сказала ему:

— Если ты найдешь мне благоуханное имя, то я буду целовать твое стремя.

И покраснела, потому что она была гордая.

И сказал Максимилиан:

— Ты будешь тогда моею женою?

— Да, если ты захочешь, — ответила ему царевна.

Поехал Максимилиан искать благоуханного имени.

Объездил всю землю, спрашивал ученых людей и простых, — и везде смеялись над ним.

И когда был он опять недалеко от того города, где жила его царевна, увидел он бедную избу и белого старика на пороге. И подумал Максимилиан: «Старик знает».

Рассказал принц белому старику, чего он ищет. И обрадовался старик, засмеялся и сказал:

— Есть, есть такое имя, духовитое имя — сам-то я не знаю, а внучка слышала.

Вошел Максимилиан в избу и увидел больную девочку.

И сказал ей старик:

— Донюшка, вот барину надо знать духовитое имя, вспомни, милая.

Обрадовалась девочка, засмеялась, но благоуханного имени вспомнить не могла.

И сказала она, что во сне видела ангела, который плясал перед нею и был весь разноцветный.

И ангел сказал ей, что днем скоро придет к ней в избу другой ангел, и будет плясать и светить разными огнями еще лучше, и назвал имя того ангела, и от того имени пролился аромат, стало радостно. Сказала девочка:

— Весело мне думать об этом, а вспомнить имени не могу. А сейчас бы вспомнила и сказала, то выздоровела бы сейчас. Но он придет скоро.

Максимилиан поехал к своей царевне и привез ее в избу.

И когда царевна увидела бедную избу и больную девочку, то ей стало очень жалко, и стала она ласкать девочку и забавлять ее. Потом отошла на середину избы, и стала кружиться и плясать, ударяя в ладоши и напевая.

И увидела девочка много света, и услышала много звуков, и обрадовалась, и засмеялась, и вспомнила имя ангела, и громко сказала его.

И вся изба наполнилась благоуханием.

И тогда вспомнила царевна свое имя, и зачем ее послали на землю, и радостно вернулась домой.

И девочка выздоровела, и царевна вышла за Максимилиана замуж, и в свое время, пожив на земле довольно, вернулась на свою родину, к вечному Богу.

Золотой кол

Мальчик Вова рассердился на папу. Говорит Вова няне:

— Как только вырасту, поступлю в генералы, приду к папиному дому с пушкой, папу в плен возьму и на кол посажу.

А папа тут как тут и говорит:

— Ах ты, злой мальчик! Как же это ты папу на кол хочешь посадить? Ведь папе больно будет.

Вова испугался да и говорит:

— Так ведь это, папа, будет кол золотой, и с надписью: за храбрость.

Сделелся лучше

Много всяких мальчиков есть на свете, хороших и худых.

Вот жили-были два мальчика, — хороший и шалун. Пришел к ним однажды волшебник, дядя Получше. И спросил их:

— Хотите быть лучше?

Хороший мальчик сказал:

— Хочу быть лучше, милый дяденька, — хорошему везде хорошо.

А шалун сказал:

— Мне, дядя, не требуется, я и так хорош. С большого-то хорошества как бы рот зеваючи не разорвать.

Дядя Получше сказал:

— Ну и оставайся шалун. А ты, хороший мальчик, уже таким станешь сладким, что всем на диво.

И ушел. И сделался хороший мальчик таким сладким, что из него патока потекла. Уж ему и не рады были, — куда ни придет, везде своей патокою напачкает. И мама сердилась.

— На твои, — говорит, — сладости белья не напасешься. Уж лучше бы ты в хулиганы пошел.

А хорошему мальчику нравилось патоку из себя точить. Так он и остался. Вырос, угождает: из бумаги фунтики делает, в фунтики патоку точит, нужным людям подносит.

Рождественский мальчик

Пусторослев наконец остался один.

Сколько усталости! Целый день встреч и разговоров. Жгучие, волнующие темы. Заботы и хлопоты о деле, которое так взяло все время.

Так взяло все время, что теперь, в минуту отдыха, вдруг не хочется думать о нем. Усталость обволакивает все чувства липкою пеленою. Глаза не хотят глядеть.

Прилег на диван. На письменном столе стынет недопитый стакан чаю. Бледное, нервное лицо склонилось. На темно-красной подушке оно кажется особенно бледным и худым.

Припомнилась далекая Сибирь. Подневольное житье в ней. Лютые морозы. Земля, которая и летом не оттаивала глубоко. Товарищи суровой ссылки. Долгие, долгие ночи. И такой мрак, и такой холод!

Захотелось безопасности, уюта, семьи. Услышать детский лепет в этой квартире, слишком большой и слишком богатой для одного, — и робкие упражнения на рояли, — и внезапный смех.

Подумал: «Разве с меня не довольно? Пусть работают другие».

И улыбка. Конечно, пусть другие.

И сразу же знал, что это — так только.

Нет, уже не оторваться от дела...

Опять тонкая дремота.

И вдруг легкие шаги.

Встрепенулся. Открыл глаза.

Никого нет.

Странно, — в последнее время Пусторослев не раз замечал в минуты усталости и отдыха, что он не один. Чьи-то легкие шаги шуршали по полу недалеко от него, — словно кто-то маленький тихонько проходил мимо него, осторожно, босыми ногами. Маленький, едва достигавший головою до дивана. Подходил, всматривался, поднимая прекрасное нездешнее лицо. Прислушивался. Говорил что-то тихое и странно внятное. Звал куда-то.

Но стоило открыть глаза — и странный посетитель с легким

шорохом скрывался. И уже казалось, что и не было его.

Сначала Пусторослев и не думал об этих посещениях. Мало ли что приснится или покажется в минуты тоски и усталости.

Но вот уже несколько дней подряд маленький гость стал занимать внимание Пусторослева.

Прежде он приходил изредка. Теперь — каждый вечер. И Пусторослев уже начал ждать его.

В неверном, мертвом и неподвижном свете электрической лампы он приходил, легкий, маленький. И шаги его становились слышнее, — словно он уже вырос, стал смелее и решительнее.

Прежде он подкрадывался на цыпочках, — а откроешь глаза — он укатывался куда-то дробными шагами, как испуганный мышонок, и не разобрать было, куда он убежал.

Теперь он приходил неторопливо, и слышно было, как легко, спокойно и уверенно ступают на паркете его ноги. И Пусторослев не решался еще очень быстро открыть глаза. Тот, ночной, уходил не торопясь, и Пусторослев наконец приметил, куда он уходит.

Это было место на стене. Самое обыкновенное на невнимательный взгляд. Немного ниже и наискось того места, где в черной раме висела гравюра, Мона Лиза. Между двух стульев. Узор обоев ничем, по-видимому, не отличался. Но было какое-то странное и значительное выражение в этих зеленоватых странных цветах.

И когда Пусторослев долго всматривался в узор, ему вдруг начинало казаться, что это место на стене чем-то обведено, словно за ним скрывается тайная дверь.

Лежал, закрыв глаза. От лампы на столе поодаль падали неподвижные пятна света на тонкое лицо. Услышал легкие шаги. Маленький посетитель подошел, всматривался и чего-то ждал. И в этом ожидающем стоянии неизвестного посетителя было что-то жуткое, тоскливое, вынуждающее к чему-то.

«Что-то надо сказать или сделать», — подумал Пусторослев.

Он слегка приоткрыл глаза — и замер от жуткого и сладкого ужаса. Перед ним стоял мальчик лет десяти на вид, весь белый, тонкий и сияющий. На бледном, точно неживом лице жутко мерцали черные, страшно глубокие глаза. Одежда странного покроя, вся белая, открывала тонкую, длинную шею, и открыты были выше колен стройные, тонкие ноги. И весь он был спокойный и словно неживой, и только черные на бледном лице глаза жили и настойчиво вопрошали.

Миг один длилось видение, — и скрылось. Пусторослев открыл глаза, быстро встал, двинулся к мальчику, протянул руки, — но мальчика уже не было.

— Милый! кто же ты? где же ты? — воскликнул Пусторослев. Стало тихо. Ожиданием была растворена тишина.

И вдруг, — тихий, сладкий и звонкий раздался смех. Пронесся в зыбкой тишине, — и замер.

И Пусторослев вдруг почувствовал, что он остался один.

Один! Никогда еще с такою значительностью не представало пред ним это столь страшное, столь великое, столь непонятое людьми слово.

Одиночество, сладостное и несравненное, великий праздник для великой и надменной души, великое томление для вопрошающего человека!

И в этот миг больно почувствовал Пусторослев, что он только человек, вопрошающий о неизвестном. В странном порыве тоски подошел он к тому месту на стене, где под холодною и таинственною улыбкою Джиоконды таилась дикая дверь, — и странные слова как бы сами собою родились на его устах:

— И ты хочешь быть человеком? Зачем? Что тебе в нашем бедном существовании?

И тихий голос ответил почти беззвучно, но странно понятно:
— Я хочу.

«Бедные, расстроенные нервы, — думал на другое утро Пусторослев. — Надо уехать из этого жуткого и жестокого города».

Но когда он одевался, в неверном и слабом свете северного раннего утра прошел мимо него тихими и легкими шагами белый, весь белый и спокойный мальчик и сказал тихонько старые, странно земные и трогательные слова:

— Голодные. Дети. Трупики.

— Что? — в ужасе спросил Пусторослев.

И в тишине послышались еще более простые и земные слова:

— На гривенник молока.

Кратко и жутко промелькнул, едва возник и уже клонился к закату, морозный день. На Невском зажигались фонари. Украдкой. Никто не видел, как они вспыхнули, И свет их был ясный и беспокойный.

На перекрестке двух шумных улиц, остановившись на минуту

переждать толчею экипажей, Пусторослев увидел поэта-декадента Приклонского. Медленною, развинченною походкою Приклонский подошел к Пусторослеву и молча пожал ему руку.

Пусторослев не любил Приклонского. Считал его шарлатаном. В этом смысле высказывался кое-где. До Приклонского, очевидно, дошли резкие отзывы Пусторослева. Как-то, встретясь на одном из тех вечеров, где все бывают и где всем бывает скучно, Приклонский подошел к Пусторослеву и без всякого повода начал рассказывать, по обычаю своему, очень парадоксально, что все писатели разделяются на два разряда: дилетанты и шарлатаны. Пусторослеву стало неловко. С тех пор чувство неловкости всегда охватывало Пусторослева, когда он встречался с Приклонским. Странные, опьяненно-веселые и невнимательные глаза Приклонского наводили на Пусторослева тоску.

Но теперь Пусторослев обрадовался этой встрече.

— Приключение по вашей части, — сказал он, стараясь говорить иронично и вдруг чувствуя с досадою, что это ему не удается.

И он рассказал о белом мальчике. Досадно было, что рассказ выходит в сбивающемся тоне.

— Призраки держат себя странно, — закончил он, — вместо откровений о загробном мире какой-то детский и совершенно земной лепет.

Приклонский выслушал так спокойно, как рассказ о самом обыкновенном событии.

— Что вас удивляет? — спросил он. — Земное не ниже и не хуже небесного. Между этим и тем миром не такое соотношение, что одно хуже, а другое лучше. Плоть так же свята, как и дух.

— Но «на гривенник молока» — это все же слишком прозаично, — возразил Пусторослев.

Приклонский помолчал, спокойно посмотрел на него и заговорил, как бы отвечая на какие-то другие, более интересные слова:

— Мы живем среди природы, которая вся насквозь проникнута стремлением к жизни. Тысячелетия тому назад волевая энергия природы была так велика, что возникли бесчисленные разности жизни на земле. Теперь энергия природы принимает иной характер: природа стремится не только к бытию, — она стремится к тому, чтобы осознать себя. Нас окружает страстное желание не только быть, но быть самым сознательным, — быть человеком, и более, чем человеком. Те домашние, маленькие нежити, которых вы давно чувствовали вокруг себя, настойчиво стучались в двери вашего сознания. Вам надлежит теперь отдаться с доверчивостью тому приключению, которое вас ожидает. Они вас не обманут. По крайней мере, смело можно утверждать, что они не сделают с вами ничего такого, возможности чего не заложены в вас самих.

По-видимому, Приклонский собирался говорить еще долго. Но в легком дрожании его губ, которое придавало его некрасивому, преждевременно увядшему лицу ироническое выражение, Пусторослеву почудилось желание мистифицировать его. Он начал слушать рассеянно и наконец сказал:

— Просто нервы у меня не в порядке.

— Просто, — неопределенным тоном повторил Приклонский.

Опять длился вечер, холодный, скучный, одинокий, — и он казался нескончаемым и ненужным. Никуда не пошел Пусторослев, хотя его ждали в одном месте, и сам он в другое время охотно поехал бы туда. В другое время. Но теперь что-то удерживало Пусторослева, и странное ожидание томило его больно и жутко.

Длился, томительно длился вечер, — и все было обычно и скучно, и буднично, как всегда, — и уже казалось, что ничего нет и не будет, кроме того, что бывает обыкновенно. Ни чуда, ни явлений из иного мира, близкого и вечно загадочного, страшного и желанного.

И опять усталость одолела Пусторослева. Он лег, взял книгу, чтобы скоротать время до того часа, когда можно лечь в постель.

Опустил книгу, докучную, ненужную. Закрыл глаза...

И как он мог не заметить раньше? Всегда здесь с ним кто-то, вопрошающий, неотступный. Чего он хочет?

Пусторослев сказал тихо, не открывая глаз:

— Скажи мне, чего ты хочешь, и где ты, и кто ты. Скажи мне о себе, — и я сделаю все, чего ты хочешь, и пойду за тобою.

Легкие шаги послышались. Таинственный гость подошел и

стал у изголовья сзади. Так близко — протянуть только руку, и коснешься его. Так близко — и так далеко.

Пусторослев повернулся на бок, двинул руку туда, к изголовью, — и вдруг услышал тихие, тревожные слова:

— Не гляди. Не тронь. Рано.

Пусторослев опять лег спокойно на спину, закрыл глаза и слушал.

Послышался нежный голос белого мальчика:

— Если бы я жил.

И в этом кратком восклицании было столько призывной тоски, такая жажда жизни достойной и доблестной, такой порыв наполнить огнем святой борьбы минуты жизни, что Пусторослев почувствовал, как душа его зажглась давно уже неиспытанным восторгом.

Он встал. Быстро подошел к тому месту, где чудилась ему в стене дивная дверь. Не думал о ней, — как-то мимовольно подошел именно к ней. Остановился. Ждал. И весь дрожал.

Как тихое дуновение легкого ветра, мимо него прошел белый мальчик, зыбкий, едва видимый. Открылась тайная в стене дверь. За нею — узкий, темный проход. И Пусторослев без колебания пошел за мальчиком в неизвестный путь…

Были тогда беспокойные дни. Рабочие голодали, не шли на работы. Было много солдат и казаков. Иногда на улицах убивали.

Долог был путь; но как-то странно, Пусторослев не замечал его. Наконец он увидел, что стоит на дворе деревянного старого дома. Под воротами горел фонарь, и если глядеть в ту сторону долго, то после на дворе казалось еще темнее и холоднее. Пусторослев был один. Ждал. Кто-то тихий и легкий промелькнул мимо него и скрылся.

— Куда же идти? — спросил Пусторослев.

И уже после того он увидел дворника. Молодой, длинный и тощий парень с рыжими, жесткими волосами, которых было так много, что они, казалось, приподнимали шапку-блин.

— Да вам кого? — спросил он простуженным и ленивым голосом.

Пусторослев сказал фамилию, — казалось ему, что она случайно пришла ему в голову:

— Елизаров здесь?

— А вон по той лестнице, в четвертый этаж, — ответил дворник.

Как во сне, прошли перед Пусторослевым жуткие впечатления: смрадная квартира; много угрюмых, словно голодных людей. Под образами — мертвая женщина. Мальчик, сын мертвой. Тощий, грязный, уродливый и страшно и странно похожий на того мальчика, который приходил к Пусторослеву по вечерам.

Мальчик остался один. Родных не было. Пусторослев взял его. Жадные, голодные глаза глядели за ним, когда он уводил ребенка.

И все это промелькнуло так быстро, и все это казалось Пусторослеву сном до тех пор, пока он не очутился дома.

Наташа, его чинная и строгая служанка, сердито поморщилась, когда Пусторослев объявил ей, что ребенка он взял и что его надо устроить.

— За два часа не отмоешь, — ворчала она.

На другое утро Пусторослев заказал мальчику белую одежду того покроя, который он видел на своем таинственном посетителе. Заплатил, не торгуясь, так щедро, что, несмотря на предпраздничную спешку, одежда к вечеру была готова.

И когда вечером тщательно вымытый, выстриженный, тонкий, белый, с горящими черными глазами, в короткой белой одежде, оставляющей ноги голыми, необутый мальчик тихо подошел к Пусторослеву, стало Пусторослеву жутко, — так похож был этот мальчуган на того, вечернего и таинственного.

— Ты откуда, Гриша? — спросил Пусторослев.

Мальчик неловко дернул плечом, потеребил тонкими пальчиками складки своего наряда и ответил:

— Из фабричных.

Помолчал. Потом сказал по-ребячески плаксиво:

— Утром с Наташей ездили, маму хоронили. Отец летом помер, теперь мама померла, — просто хоть ложись да умирай.

— Теперь ты мой будешь, — сказал Пусторослев. Мальчик помолчал, потупился, шепнул тихонько:

— Спасибо.

Мальчик был тихий, но не робкий. Он дичился посторонних, старался уйти, когда кто-нибудь приходил, но уж если его останавливали, то он отвечал на вопросы прямо и просто, с эпическим спокойствием первобытного существа.

Наступали праздники. Пусторослев сделал для Гриши елку.

Позвал детей. Было человек десять маленьких гостей, бедные и богатые. Было весело и шумно. Пусторослева радовал Гришин смех, но ему жутко было глядеть в его внимательные, слишком черные, слишком глубокие глаза.

Наутро он спросил:

— Гриша, скажи, понравилась тебе вчера елка?

Гриша по своей привычке помолчал немного, теребя складки своего наряда, и потом сказал странно спокойным голосом:

— Елка — очень хорошо. Славно. А ребятишки у вас скверные были.

— Чем скверные? — с удивлением спросил Пусторослев.

Гриша заговорил поживее:

— А как же, — они себя различают. Которые богатые считаются, те так свысока, а которые бедные, то такие завидущие, — и все они завидуют, и так у них на все глаза и горят. Все бы им отдать, да и то бы им мало было. Право слово, завидущие.

Часто разговаривали Пусторослев с Гришею. Каждый вечер. И каждый раз Пусторослев звал к себе Гришу с таким жутким чувством, как будто бы он и ждал от него, и боялся каких-то странных и страшных слов.

«Знает ли Гриша того, ночного? — думал иногда Пусторослев. — Не спросить ли его? Но как спросить?»

И наконец спросил:

— Гриша, ты у меня был раньше?

Мальчик побледнел еще больше, и казалось, что он вдруг испугался. Робко шепнул он:

— А ты почем знаешь?

Пусторослев закрыл глаза. Голова его кружилась жутко и томно.

А Гриша говорил:

— Я-то у тебя был. Во сне. Вижу я, сидит такой барин за столом и крепко думает. А лица не видно. И так показывает, будто и вовсе лица нет. Но только это неверно. Теперь-то я узнал, — все, как у тебя, и стол, и лампа, все как есть.

— Гриша, зачем же ты ко мне приходил?

Гриша вздохнул.

— Ну вот, — рассказывал он, — вижу, сидит будто барин, а лица не видно. А я и говорю: «Барин, а барин, нешто нам весь век голодать одним. Пойдем помирать вместе». А барин ничего не говорит. Все думает. Ну, я и уйду. А после того мама захворала. Померла. А после того и ты меня взял.

— Гриша, зачем ты меня звал? — с тоскою спросил Пусторослев.

Гриша засмеялся. Как тот, ночной. Такой же зыбкий и быстрый смех. Точно быстрый плач. Такой ясный смех, и такой невеселый.

— А как же? — страстно заговорил Гриша, — отчего так? Почему, скажи, за что нам такое житье собачье? Разве для того мы на земле живем, чтобы друг друга поедом есть? За что? И если он насильничает, так все и терпеть без конца?

Пусторослев глядел в черные, пламенные Гришины глаза, на его бледное, худое и такое прекрасное лицо. Жутко было ему. А Гриша говорил:

— Пойти бы всем вместе, дошли бы до такого места, где земля новая, и небо новое, и лев свирепый не кусает, и змейка-скоропейка не жалит. Да нет нам свободы, никуда не пойдешь.

— Гриша, откуда ты набрался слов? — спросил Пусторослев. Ему хотелось разрушить это темное очарование, которое так долго держало его в своей власти.

Гриша слегка покраснел.

— Может быть, я глупости говорю. Не знаю. Что от людей услышишь, что сам придумаешь. Ты думаешь, что ты барин, так ты один думаешь? Я тоже люблю думать. Только что я тебе скажу.

Гриша приумолк.

— Скажи, Гриша.

— Если бы я все это дело знал, ни за что бы я не захотел быть человеком.

Были не раз такие странные и не совсем детские разговоры. Наутро Пусторослеву казалось, что этого Гриша не говорил, что все эти слова ему пригрезились в дремоте позднего вечера, в усталой дремоте вопрошающего и не находящего ответа человека.

И сам Гриша днем бывал совсем простым и обыкновенным мальчиком, с самыми простыми мальчишескими затеями и интересами. Только тихий очень и скромный, и очень худенький. И когда вспоминал покойных родителей, то иногда поплачет. А когда говорили при нем о фабричных рабочих, он делался печальным и хмурым, и начинал дрожать, и тихо уходил.

Там, у гроба матери, он казался лохматым, взъерошенным и уродливым. Но на самом деле он был скорее красив. Только очень уж худ.

И хорошо было то, что у него не много было неприятных привычек. Или, может быть, он был такой тихий и внимательный, что сам скоро замечал, чего здесь не следует делать.

Приближались великие дни. Сладостное веяние свободы носилось над городами и темными селениями нашей родины. Созрело негодование, и в его бурном дыхании отогрелась нежная надежда, так долго страдавшая под равнодушным и беспощадным снегом.

Гриша пришел вечером к Пусторослеву. Видно было, что он хочет что-то сказать.

— Гриша, что ты? — спросил Пусторослев.

Гриша помолчал. Покраснел.

Так покраснел, как никогда еще не видал у него Пусторослев. Сказал звенящим и решительным голосом:

— Наши завтра пойдут. И я пойду.

Пусторослев испугался.

— Гриша, куда ты пойдешь? Что за глупости! — досадливо крикнул он. — Что тебе там делать, такому маленькому?

Гришины глаза горели и щеки багряно пылали.

— Пойду, — тихо, но решительно сказал он.

Пусторослев понял, что не надо спорить.

— Гриша, — сказал он успокоительно, — утро вечера мудренее. Мы об этом лучше завтра поговорим с тобою, — а теперь не пора ли нам спатиньки?

Гриша стыдливо улыбнулся.

— Спатиньки придут сами, — сказал он, — а только какие спатиньки? Белые далеко, зеленым рано, серых не хочу, черных ты не пустишь, — какие же спатиньки! разве только красные.

День страшный и беспощадный поднялся над морозным жутким городом. Была безоружная толпа, и вооруженные люди убивали. И ужас витал над столицею.

Пусторослев рано вышел из дому. Забыл о Грише. Встречи и заботы захватили его.

И вдруг, в говоре толпы, мимолетные слова:

— Много мальчишек...

Разом вспомнил. Стало страшно. Поехал домой. Очень

торопил извозчика. И так было страшно, и тоскливо, словно непоправимое совершалось несчастие.

Дома — расстроенное Наташино лицо, ее убегающий взор, ненужные слова:

— Ах, Андрей Павлович, на улицах-то что делается.

— Гриша где? — крикнул Пусторослев.

Наташа смутилась. Покраснела. Заплакала.

— Как сказали с вечера шубку спрятать и сапожки, все спрятала в шкап. Да уж как он ключ нашел, ума не приложу. И такой был тихий, и такой тихий. На минутку вышла, вернулась — нет Гриши. Оделся и уж как пробежал? Ума не приложу.

Пусторослев вышел опять на улицу. Остановился у подъезда. Куда идти?

Шли все в одну сторону. Поспешно, словно спасаясь. Молодой человек с рыжей бородкой, по одежде рабочий, в очках, говорил:

— Вот он чем нас встретил! штыками да пулями.

В толпе дворников и лавочников слышался злой говор:

— Студент. Переоделся.

Какой-то паренек в барашковой шапке быстро пробежал, крича:

— Товарищи, обходят!

Побежали.

Показались всадники. Они ехали медленно. На перекрестке собралась толпа рабочих. Слышались крики. Полетела в солдат пустая бутылка. Двое всадников отделились от строя. Нелепо махали шашками. Толпа разбежалась.

Пусторослев свернул в переулок. Шел куда-то. Шел поспешно, пробираясь наудачу к центру города. Не везде можно было пройти, — стояли цепи солдат, не пускали.

Шум, толпа, казаки, окрики часовых — все это скользило мимо сознания. Пусторослев забыл, что его ждали, забыл о своем деле, — только мысль о Грише повторялась настойчиво и больно.

И вдруг увидел Гришу. Мальчик пробежал мимо, странно-бледный на морозе. Крикнул Пусторослеву:

— Иди, иди за мною.

Черные на бледном лице глаза мгновенной молниею блеснули перед усталым взором Пусторослева. И в то же мгновение резкий звук рожка пронизал все уличные шумы.

— Гриша, вернись! — крикнул Пусторослев.

Бежали мимо, кричали. Было видно много искаженных ужасом лиц. Улица пустела.

И опять Гриша. Подошел к Пусторослеву.

— Зачем они бегут? Чего они боятся? — спрашивал он, и голос его звенел и дрожал.

Такой бледный, и глаза так горят.

Пусторослев взял его за плечо и сказал:

— Милый, вернемся домой. Здесь не надо стоять. Они убивают.

Гриша засмеялся, — совсем как тот, ночной мальчик.

Пусторослев смотрел на Гришу с недоумением и тоскою. Белый и сияющий, как тот, ночной посетитель, мальчик говорил:

— И пусть убьют. Разве ты боишься? Умрем вместе. Не стоит жить с этими злыми людьми. Не хочу быть с ними.

Вдруг где-то странно близко послышался тупой гул и топот множества коней. Всадники приближались медленно и неуклонно. Лошадиные в пене морды были близки и странно добродушны и покорны, как всегда, — а над ними колыхались красные, свирепые и тупые лица.

И над гулом и топотом стройного воинства пронесся внезапный, звонкий крик:

— Палачи!

Гриша оттолкнул руку Пусторослева и, звонко крича, побежал навстречу всадникам. Сверкнула белая, беспощадная улыбка, мелькнула в воздухе длинная стальная полоса, — офицер ударил Гришу.

Над детским трупом быстро мчались всадники.

Маленький, изуродованный труп схоронили. Пусторослев остался жить — усталый, безрадостный, втянутый в суету ежедневной работы для дела, — труд до подвига, но все еще без восторга.

Но длится время, и он ждет. Наступают великие дни. Опять придет сияющий рождественский мальчик.

Уже он приходит, приходит снова, тихий, вопрошающий, озаренным темною улыбкою, — подходит в тишине одинокого вечера и заглядывает в усталое лицо Пусторослева.

И опять слышит Пусторослев его тихий и настойчивый шепот:

— Я хочу. Я пойду с ними, и ты пойдешь со мною, в новый

мир, через эту дверь, темную, но верную.

И знает Пусторослев, что теперь он не оставит Гришу одного, — пойдет с ним, за ним. И шепчет:

— Милый? где ты? кто ты?

И слышит:

— Приду. Вместе пойдем.

И повторяет:

— Вместе умрем.

Улыбка

В саду дачи Семибояриновых, по случаю именин одного из сыновей, Леши, гимназиста второго класса, собралось десятка полтора мальчиков и девочек разного возраста и несколько юношей и девиц. Лешины именины для того и справляли, чтобы лишний раз собрать молодых гостей для взрослых барышень, сестер именинника.

Все были веселы и улыбались,— и взрослые, и мальчики, и девочки, которые, играя, двигались по желтому песку подметенных дорожек,— улыбался и бледный некрасивый мальчик, что сидел одиноко на скамеечке под сиренью и молча глядел на своих сверстников. Его одиночество, молчаливость и поношенная, хотя чистенькая, одежда показывали, что он из бедной семьи и стесняется этим обществом нарядных бойких детей. Лицо у него было робкое, худенькое, и грудь такая впалая, и ручонки такие тощие; так смирно они лежали, что на него жаль было смотреть. А все-таки он улыбался,— но и улыбка его казалась жалкой: не то ему весело было смотреть на игры и на веселье, не то он боялся, чтобы не рассердить кого-нибудь своим скучным видом и плохим костюмом.

Его звали Гриша Игумнов. Отец его недавно умер; мать посылала иногда Гришу к своим богатым родственникам, где Гриша всегда чувствовал скуку и неловкость.

— Что ж ты один сидишь,— иди, побегай!— сказала ему мимоходом синеглазая барышня, Лидочка Семибояринова. Гриша не смел не послушаться,— сердце его забилось от волнения, лицо покрылось мелкими капельками пота. Он боязливо подошел к веселым краснощеким мальчикам. Они посмотрели на него недружелюбно, как на чужого,— и Гриша сам почувствовал сейчас же, что он не такой, как они: не может говорить так смело и громко, и у него нет таких желтых башмаков и задвинутой на затылок круглой шапочки с мохнатой красной шишечкой, как у мальчугана, который стоял к нему всех ближе.

Мальчики продолжали говорить между собой по-прежнему,

как будто бы здесь и не было Гриши. Гриша стоял возле них в неловкой позе, принагнул тонкие плечики, крепко держался тоненькими пальцами за узенький кушачок и робко улыбался. Он не знал, как ему теперь быть, и от смущения едва слышал, что говорили бойкие мальчики.

Они окончили разговор и вдруг разбежались. Продолжая улыбаться все так же робко и виновато, Гриша неловко пошел по песчаной дорожке и опять сел на скамейку. Ему было стыдно, что вот он подходил к мальчикам, но ни с кем из них не заговорил, и ничего из этого не вышло. Усевшись, он робко осмотрелся,— никто не обращал на него внимания, никто не смеялся над ним. Гриша успокоился.

Но вот мимо него медленно прошли, обнявшись, две девочки. Под их пристальными взорами Гриша ежился, краснел, виновато улыбался.

Когда девочки прошли, одна из них, поменьше, светловолосая, громко спросила:

— Кто этот маленький уродец?

Другая, краснощекая, чернобровая, рослая девочка засмеялась и ответила:

— Я не знаю,— надо будет у Лидочки спросить. Верно, какой-нибудь бедный родственник.

— Какой смешной,— сказала маленькая блондиночка.— Уши расставил, сидит и улыбается.

Они скрылись за кустами на повороте дорожки, и Гриша перестал слышать их голоса. Ему было обидно и становилось страшно думать, что еще долго надо здесь пробыть и неизвестно, когда мама с ним пойдет домой.

Большеглазый, тоненький гимназист с упрямым хохолком, торчавшим над его крутым лбом, заметил, что Гриша один сидит сиротой,— и он захотел чем-нибудь приласкать и утешить мальчика и подсел к нему.

— Как тебя зовут?— спросил он.

Гриша тихонько назвал свое имя.

— А меня зовут Митей,— сообщил маленький гимназист.— Что ж, ты здесь один или с кем-нибудь?

— С мамой,— шепнул Гриша.

— Отчего же ты тут один сидишь?— спросил Митя.

Гриша беспокойно задвигался и не знал, что сказать.

— Отчего ты не играешь?

— Не хочу.

Митя не дослышал и переспросил:

— Что ты говоришь?

— Мне не хочется,— сказал Гриша немного погромче.

Гимназист удивился, спрашивал:

— Не хочется? Отчего же?

Гриша опять не знал, что сказать, и растерянно улыбнулся. Митя внимательно смотрел на него. Чужие взоры всегда приводили Гришу в смущение,— он словно боялся, что в его наружности найдут что-нибудь смешное.

Митя помолчал, придумывая, что бы еще спросить.

— Ты что собираешь?— спросил он.— Какие-нибудь предметы, понимаешь, коллекцию? Мы все собираем: я — марки, Катя Покрывалова — раковины, Леша — бабочек. А ты что собираешь?

— Ничего,— ответил Гриша, краснея.

— Как же ты так?— с простодушным удивлением говорил Митя.— Ничего не собираешь? Напрасно, это очень интересно!

Грише стало стыдно, что он ничего не собирает и что это обнаружилось.

«Надо собирать что-нибудь и мне!»— подумал он, но не решился сказать этого вслух.

Митя посидел немного и ушел. Гриша почувствовал облегчение. Но ему готовилось новое испытание.

По дорожкам сада гуляла нянька Семибояриновых с их младшим сыном, годовалым бутузом, на руках. Ей захотелось посидеть, и она выбрала для этого ту самую скамейку, где сидел Гриша. Ему опять стало неловко. Он глядел прямо перед собой и не решался даже отодвинуться от няньки на другой конец скамьи.

Внимание малютки скоро привлекли оттопыренные Гришины уши, и он потянулся к ним. Нянька, толстая, румяная баба, сообразила, что Гриша — безответный. Она поднесла своего бутуза к Грише, и розовый младенец ухватился пухлой ручонкой за Гришино ухо. Тот обомлел от смущения, но не решился сопротивляться. А ребенок, весело и звонко хохоча, то выпускал Гришино ухо, то опять хватался за него. Румяная нянька, забавляясь не менее младенца, повторяла:

— А вот мы его! А вот мы ему зададим.

Кто-то из мальчиков увидел и сказал другим, что маленький

Жоржик развоевался с тихим мальчиком, который все сидит на скамеечке. Дети сбежались, окружили Жоржика и Гришу и шумно смеялись. Гриша старался показать, что ему ничего не больно и что ему тоже весело и забавно, что Жоржик его так хватает. Но ему становилось все труднее улыбаться и страшно хотелось заплакать. Он знал, что нельзя плакать, стыдно, и крепился.

К счастью, его скоро выручили. Синеглазая Лидочка, заслышавши необычайный смех и восклицания, пришла, увидела, в чем дело, и сказала:

— Няня, как вам не стыдно! Что вы делаете?

Ей и самой стало смешно глядеть на жалкое, сконфуженное Гришино лицо. Но, поддерживая перед нянькой и детьми свое достоинство взрослой барышни, она не засмеялась. Няня встала и сказала, посмеиваясь:

— Что ж, Жоржинька легонечко. Они сами ничего не говорят, им не больно.

— Пожалуйста, чтобы этого не было!— строго сказала Лидочка.

Жоржик, недовольный тем, что его отняли от Гриши, поднял крик. Лидочка взяла его на руки и унесла подальше, утешить. Ушла за ней и нянька. А мальчики и девочки не ушли. Они толпились перед сидевшим на скамейке Гришей, бесцеремонно оглядывали его.

— У него, может быть, приставные уши,— соображал один из мальчиков,— потому ему и не больно.

— Ты, должно быть, любишь, когда тебя держат за уши?— спрашивал другой.

— Скажите,— спросила девочка с большими синими глазами, — вас ваша мама за какое ухо чаще держит?

— Это ему так на заказ уши вытянули, в мастерской,— кричал веселый мальчуган, звонко хохоча.

— Нет,— поправил другой,— он так и родился. Когда маленький был, его не за руку водили, а за ухо.

Гриша поглядывал на своих мучителей, как загнанный зверек, напряженно улыбался и вдруг, совсем неожиданно для веселой детворы, заплакал. Частые мелкие слезы закапали на его курточку.

Дети сразу притихли. Им стало неловко. Они сконфуженно переглядывались и молча смотрели на то, как Гриша плакал, утирая лицо тоненькими руками и, очевидно, стыдясь своих слез.

— Туда же, обижаться,— сердито сказала русоволосая красавица Катя,— что ему сделали? Уродец!

— Вовсе он не урод, ты сама урод,— заступился Митя.

— Терпеть не могу, когда говорят грубости,— сказала Катя, досадливо краснея.

Маленькая смуглая девочка в красной юбочке смотрела долго на Гришу, хмуря брови, очевидно, размышляя о чем-то. Потом она обвела других детей недоумевающим взором и тихо спросила:

— Так зачем же он улыбался?

II

Обновки у Гриши бывали редко,— делать их часто средств не хватало у матери, и потому каждая обновка была ему в большую радость. Наступила осень, стало холодно,— справила Грише мать пальто, шапку, рукавицы. Больше всего порадовали Гришу рукавицы.

В праздник после обедни он надел все свои обновки и отправился гулять. Он любил гулять по улицам, и его пускали одного: матери было некогда ходить за ним. Теперь она с гордостью смотрела из окна, когда Гриша степенно проходил по двору. Вспоминая своих зажиточных родственников, которые много обещали, но мало делали для нее, она думала: «Вот, и сама справила, слава Богу, обошлась без них».

Стоял холодный, ясный день; солнце светило не ярко; по воде городских каналов плыли первые тонкие льдины. Гриша ходил по улицам, радуясь и этому бодрому холоду, и своим обновкам, и наивным своим мечтам,— он всегда принимался мечтать, как только оставался один, и мечтал всегда о подвигах, о славе, о блестящей, о счастливой жизни в роскошных чертогах, обо всем, что не похоже на скучную действительность.

Когда Гриша стоял на набережной Мойки и сквозь чугунную решетку смотрел на тонкое сало, плывшее по течению, к нему подошел уличный мальчишка в потасканной одежонке и с покрасневшими от холода руками. Он заговорил с Гришей. Гриша его не боялся, даже пожалел, что у него озябли руки. Новый знакомец сообщил, что его зовут Мишкой, а фамилия у него Бабушкин, потому что он с матерью живет у бабушки.

— Так как же,— спросил Гриша,— а у твоей матери какая

фамилия?

— У матери?— переспросил Мишка, ухмыляясь.— А у нее фамилия Матушкина, потому что бабушка ей не бабушка, а матушка.

— Вот как!— с удивлением сказал Гриша.— А вот у меня с мамой одна фамилия: мы — Игмновы.

— Так это потому,— живо объяснил Мишка,— что твой дедушка был игумном.

— Нет,— сказал Гриша,— мой дедушка был полковником.

— Ну, все равно, дедушкин отец или кто-нибудь был игумном, вот вы все и пошли Игумновы.

Гриша не знал, кто был его прадед, и потому замолчал. Мишка все поглядывал на его рукавицы.

— Рукавицы-то у тебя знатные,— сказал он.

— Новые,— объяснил Гриша, радостно улыбаясь,— в первый раз надел. Видишь ты,— с прошивочкой!

— Ишь ты, какие важные! Поди, тепло тебе в них?

— Тепло.

— У меня тоже есть рукавицы, только я их дома оставил, они мне не нравятся. Я попрошу, чтобы мне купили такие же, как у тебя, а то мои мне совсем не нравятся. Они — желтые, а желтых не люблю. Дай мне надеть, я сбегаю, покажу бабушке, а то как же она купит!

Мишка просительно смотрел на Гришу, и глаза его завистливо блестели.

— А ты скоро?— спросил Гриша.

— Да, я вот тут близко живу, только за угол. Ты не бойся! Я, ей-богу, сейчас.

Гриша доверчиво снял рукавицы и отдал их Мишке.

— Я сейчас, ты постой, не уходи,— радостно крикнул тот, убегая с Гришиными рукавицами.

Он скрылся за углом, а Гриша остался ждать. Он не думал, что Мишка его может обмануть: вот сбегает домой, покажет, вернется и отдаст рукавицы. Но долго стоял он и ждал, а тот и не думал приходить.

Уже короткий осенний день вечерел; уже мать, встревоженная долгим отсутствием Гриши, отправилась искать его,— когда он наконец понял, что Мишка не вернется. Мальчик печально пошел домой и встретился с матерью.

— Гриша, да где ты пропадал?— и сердясь, и радуясь, что сын нашелся, спрашивала мать.

Гриша смущенно молчал, теребя свои красные от холода пальцы. Мать заметила, что у него нет рукавиц.

— Где твои рукавицы?— сердито спросила она, обшаривая карманы его пальто.

Гриша улыбнулся и сказал:

— Я мальчику отдал поносить, а он не принес.

III

Проходили годы за годами. Из бойких, смелых детей, что собрались на именины Леши Семибояринова, вышли ловкие, смелые люди,— и мальчишка, обманувший Гришу, нашел, конечно, свою дорогу в жизни,— а Гриша стал, разумеется, неудачником. Как в детстве, он все мечтал и в мечтах покорял царства, а на деле не умел оборонить себя от любого предприимчивого человека, который бесцеремонно отстранял его с дороги. Отношения его к женщинам были так же неудачливы, как и вся жизнь, и никогда ответное чувство не награждало его робких ухаживаний. Друзей у него не было. Одна только мать любила его.

Игумнов радовался, когда поступил на службу, на маленькое жалованье,— радовался тому, что теперь мать будет жить покойно, не заботясь о куске хлеба. Но счастье его не долго продолжалось: скоро мать умерла. Гриша заскучал, упал духом. Жизнь показалась ему бесцельной. Апатия овладела им, работа валилась из рук. Он потерял место и стал сильно нуждаться.

Игумнов заложил наконец и последнее материно колечко и, выходя из ломбарда, улыбался,— чтоб не заплакать от жалости к себе.

Приходилось наведываться к разным людям, просить работы или места. Но Игумнов не умел просить: застенчивый, молчаливый, он испытывал в таких случаях непобедимое смущение и не мог настаивать на своих просьбах. Уже на лестнице перед дверью той квартиры, у хозяина которой надо чего-нибудь просить, его охватывал ужас, сердце его томительно билось, ноги тяжелели, рука нерешительно протягивалась к звонку.

В один из самых тяжелых и голодных дней Игумнов сидел в роскошном кабинете Алексея Степановича Семибояринова, отца того Леши, именины которого были ему памятны. Накануне Игумнов послал Алексею Степановичу письмо: на бумаге все же легче просить, чем на словах. Теперь он пришел за ответом.

По суетливой, беспокойной любезности Семибояринова, сухого, малорослого старичка с коротко остриженными серебристо-седыми волосами, он догадывался, что получит отказ, чувствовал себя поэтому скверно и не мог не улыбаться какой-то искусственно-ласковой улыбкой, словно ему хотелось показать, что это ничего, что если, мол, нельзя, то и не надо, а я, мол, так, между прочим. Эта улыбка, очевидно, раздражала Семибояринова.

— Получил я ваше письмо, любезнейший,— заговорил он наконец о деле своим сухим и отчетливым голосом.— Но, милейший, теперь ничего на примете нет.

— Ничего?— пробормотал Игумнов, краснея.

— Решительно ничего, почтеннейший. Все занято. И не предвидится в ближайшем будущем. Вот к Новому году можно что-нибудь устроить для вас, милейший.

— Да хоть к Новому году,— сказал Игумнов, улыбаясь с таким видом, как будто какие-нибудь восемь месяцев для него не расчет.

— Да, тогда очень рад буду. Если бы от меня зависело, я бы вас сегодня же посадил за дело. Мне очень хочется быть вам полезным, дорогой мой!

— Благодарю вас,— сказал Игумнов.

— Но скажите мне, милейший,— участливо спросил Семибояринов,— отчего вы ушли с того вашего места?

— Не пригодился,— смущенно отвечал Игумнов.

— А, не пригодились! Ну, надеюсь, что у нас, милейший, вы пригодитесь. Вы мне дайте адрес, почтеннейший. Семибояринов суетливо принялся отыскивать на столе бумагу. Игумнов увидел тут же, под маленьким мраморным прессом, свое вчерашнее письмо.

— У меня адрес на письме написан,— сказал он.

— Да, да, верно,— оживленно заговорил хозяин, хватая письмо.— Так я буду знать.

— У меня привычка,— сообщил Игумнов, подымаясь с места, — всегда писать в начале письма адрес.

— Европейская привычка,— похвалил хозяин. Игумнов распрощался и, улыбаясь, вышел, гордясь своими европейскими привычками, которые, однако, не мешали чувствовать голод. Его почти радовало то, что неприятный разговор кончен. Припоминались вежливые слова, преимущественно те, в которых заключались обещания и возбуждались легкомысленные надежды. Только через несколько минут, шагая по улице, он понял, что ничего из этих обещаний не выйдет. Да и обещано-то когда-нибудь, а есть надо теперь и на квартиру без денег идти тяжело,— что скажет хозяйка? Что он ей скажет?

Игумнов замедлил шаги и повернул в другую сторону. В грустной задумчивости, бледный, голодный, проходил он по шумным столичным улицам мимо сытых, занятых своими делами людей. Улыбка исчезла с его лица. Выражение мрачного отчаяния придало некоторую значительность его маловыразительным чертам.

Он приближался к Неве. Громадный купол Исаакиевского собора торжественно горел золотом на синей небесной пустыне. В лучах склоняющегося к закату солнца широкие площади и улицы подергивались нежной, еле различимой пыльной мглой. Грохот экипажей смягчился здесь, на этих великолепных просторах. Все было неприветливо и чуждо голодному, бессильному человеку. Румяные фрукты за стеклами магазинов были так же недоступны, как если бы их охраняла крепкая стража.

В нежно-зеленеющем сквере играли веселые дети. Игумнов смотрел на них и улыбался. Несносные воспоминания о детстве томили его щемящей жалостью к себе. Он думал, что ему остается только умереть. Это страшило. Но он думал: «Почему же не умереть? Ведь было же время, когда я не жил? Будет покой, вечное забвение».

Обрывки чужих мудрых мыслей приходили в голову и утешали его.

Игумнов вышел на набережную. Опираясь о гранит, он стоял и смотрел на тяжелые волны реки. Вот только упасть туда, и все кончено. Но страшно тонуть,— захлебываться, давиться этими тяжелыми, холодными волнами, беспомощно биться и наконец в изнеможении опуститься на дно, чтобы течение повлекло тело вниз и потом выбросило безобразный труп где-нибудь на взморье.

Игумнов вздрогнул и отвернулся от реки. Неподалеку он увидел бывшего сослуживца, Куркова. Щеголевато одетый, веселый, самодовольный, Курков медленно шел, помахивая тросточкой с фигурным набалдашником.

— А, Григорий Петрович!— воскликнул он, точно обрадованный встречей.— Гуляете? Или по делу?

— Да, гуляю, то есть, по делу,— сказал Игумнов.

— Нам, кажется, по дороге?

Они пошли вместе. Веселый говор Куркова усиливал тоску Игумнова. С внезапной решимостью, нервно передвинув плечами, он сказал:

— Николай Сергеевич, не найдется ли у вас рубля?

— Рубля?— удивился Курков.— На что вам?

Игумнов зарделся и, запинаясь, принялся объяснять:

— Да мне, видите ли... Мне не хватает именно одного рубля... Мне надо одну вещь купить... купить, знаете...

Волнение перехватило его дыхание. Он замолчал и улыбался напряженно и жалко.

«Ну, это, значит, без отдачи»,— подумал Курков.

И сказал, уже не тем беспечным тоном, как раньше:

— Рад бы, но совсем нет лишних, ни гроша. Сам вчера должен был занять.

— Ну, что ж, на нет суда нет,— бормотал Игумнов, продолжая улыбаться,— как-нибудь обойдусь.

Его улыбка злила Куркова,— может быть, потому, что она была такая беспомощная и жалкая.

«Чего он улыбается?— досадливо думал Курков.— Не верит, что ли? Ну, и пусть,— у меня не казначейство!»

— Отчего вы к нам никогда не зайдете?— небрежно и сухо спросил он Игумнова, глядя куда-то в сторону.

— Все собираюсь, непременно зайду,— отвечал Игумнов дрожащим голосом,— сегодня можно?

Уютная столовая Курковых представилась ему, гостеприимная хозяйка, самовар на столе, заставленном закусками.

— Сегодня?— сказал Курков тем же сухим небрежным голосом.— Нет, сегодня нас дома не будет. На днях как-нибудь, милости просим. Однако мне в этот переулок. До свидания!

И он поспешно стал переходить через деревянную настилку набережной. Игумнов смотрел за ним улыбаясь. Медленные, несвязные мысли ползли в его голове.

Когда Курков скрылся в переулке, Игумнов опять приблизился к гранитной ограде и, содрогаясь от холодного ужаса, мешкотно и неловко стал перелезать через нее. Никого не было вблизи.

Also available from JiaHu Books:

Роковые яйца — М.А. Булгаков — 9781909669840

Горе от ума — А. С. Грибоедов - 9781784350376

Рассказы для детей - Д. Хармс - 9781784350529

Евгений Онегин (Либретто) — 9781909669741

Пиковая Дама (Либретто) — 9781909669918

Борис Годунов (Либретто) — 9781909669376

Руслан и Людмила (Либретто) — 9781784350666

Жизнь за царя (Либретто) — 9781784351250

Как закалялась сталь - Николай Островский - 9781784351946

Левша — Николай Лесков — 9781784351953

Тяжелие сны — Федор Сологуб — 9781784351977

Творимая легенда — Федор Сологуб — 9781784351991;
9781784352004; 9781784352011

Победа смерти — Федор Сологуб - 9781784352028